AF471418

ANTHOLOGIE

AUSONIENNE

ANTHOLOGIE
AUSONIENNE

TRADUCTION EN VERS

PAR

J. HOVYN DE TRANCHÈRE
ANCIEN DÉPUTÉ DE LA GIRONDE

BORDEAUX
FERET ET FILS, LIBRAIRES-ÉDITEURS
15, COURS DE L'INTENDANCE, 15

1897

TABLE DES MATIÈRES

ANTHOLOGIE

PETITE PRÉFACE

VILLES CÉLÈBRES

IDYLLES

LETTRES

L'ÉPHÉMÉRIDE

ÉPIGRAMMES ET ÉPITAPHE

AVANT-PROPOS

Il faut vraiment une certaine audace pour entreprendre de traduire en vers les poésies d'Ausone, lorsqu'on a bel et bien à son passif tout près de quatre-vingt-deux printemps, qui ressemblent singulièrement à quatre-vingt-deux hivers, et qu'il serait peut-être préférable d'achever de vivre en cultivant son jardin.

Mais quand on est, comme Ausone, né sur les bords de « la blonde Garonne », quand on aime son pays natal, comme l'aimait le vieux poète bordelais, et que dès lors aucune de ses gloires ne saurait nous être étrangère, la tête et le cœur ne connaissent pas d'obstacles, et ils s'en vont bravement à la conquête de la Toison d'Or, sans se laisser intimider d'avance par les aspérités du chemin et les difficultés de l'entreprise.

S'il s'agissait de traduire Ausone en prose, passe encore : en se reportant, de temps à autre, à un bon dictionnaire latin et à ses souvenirs de collège — bien qu'ils remontent au temps où la reine Berthe filait, — en s'employant à mettre d'accord ses commentateurs, en atténuant ses excès de langage comme rhéteur et comme courtisan, en laissant de côté ses jeux d'esprit et ses jeux de mots, en dégageant son style des scories qui, trop souvent, l'obscurcissent et en ralentissent l'allure gasconne, en tempérant les débauches de sa mythologie effrénée, on parviendrait, sans beaucoup d'efforts, à reproduire à peu près la physionomie et le sens de ses œuvres.

Mais, malgré toute l'habileté et tout le savoir qu'on pourrait y mettre, ce serait toujours de la prose, et de la prose comme en aurait pu faire M. Jourdain, s'il avait vécu en l'an 360, et c'est en vers, en vers virgiliens et ailés, qu'Ausone a écrit ses Idylles, ses Lettres, ses Épigrammes, son Éphéméride, ses Parentales, ses Villes célèbres, etc., et ces innombrables compositions où il a mis tout ce qui lui passait par l'esprit.

*Il nous a donc semblé, à tort ou à raison et sans entrer dans plus d'explications, qu'il valait mieux, pour Ausone et pour sa mémoire, qu'il fût traduit en vers, et l'on en reste convaincu lorsqu'on voit de quelle façon alerte Clément Marot et Voltaire ont traduit certaines de ses Épigrammes, et quel charme pénétrant et poétique Ronsard a su si bien donner à un passage de l'*Idylle des Roses.

Reste à savoir maintenant si ma poésie sera à la hauteur de la sienne, si mes vers ne feront pas trop triste figure à côté de ses vers, dont la cadence latine rehausse si complaisamment les imperfections et les vulgarités, en un mot comme en cent, si je n'ai pas trop présumé de mes forces? That is the question — *c'est là la question — comme disait ce prince de Danemark, qui parlait si bien anglais!*

Depuis que ce travail est terminé, et que je l'ai poli et repoli de mon mieux, il m'est devenu tellement impersonnel, que j'en suis à me demander aujourd'hui, toute fausse modestie à part, s'il est bon, mauvais ou médiocre, et que j'en suis réduit à espérer que le lecteur voudra bien, du moins, me tenir compte de la difficulté vaincue.

Ce n'est pas, en effet, une petite affaire que de soumettre le texte latin aux exigences de la prosodie française, d'observer scrupuleusement les lois de la césure et de l'alternance des rimes masculines et féminines, d'éviter, dans ces additions auxquelles on est parfois obligé, les mots ou les pensées qui de près ou de loin ressembleraient à des anachronismes, de suivre pas à pas, malgré toutes ces entraves, l'idée de l'auteur, aussi bien dans ses exagérations que dans ses faiblesses, et de rester, du commencement à la fin, le caudataire humble et soumis de celui dont on ose se faire l'interprète, tout en donnant aux vers de la traduction une forme irréprochable qui trahisse, aussi peu que possible, les difficultés ardues de l'exécution.

Comme on le voit, la folle du logis n'est pour rien dans cette sorte de travail; la patience y vaut mieux que la fantaisie, et le mérite de l'ouvrier, s'il en a un, sera surtout d'avoir tenté une aventure, dont de plus habiles n'ont pas eu le courage d'affronter les dangers et les ennuis.

Quant aux critiques que ses imperfections ne manqueront pas de soulever, comme, malgré tous nos efforts, nous n'avons pu faire ni mieux, ni autrement, nous prions tout simplement ceux qui y trouveraient à redire, de vouloir bien nous communiquer leurs variantes, et quand elles seront réellement meilleures que notre version personnelle, nous n'hésiterons en aucune façon à le reconnaître et à leur en avoir une sincère gratitude.

En résumé, et quoi qu'il advienne, nous nous croirons toujours suffisamment récompensé de cet ingrat labeur, si l'on nous sait quelque gré de nous être employé à vulgariser de notre mieux les œuvres de ce fidèle enfant de Bordeaux, qui au milieu des dignités dont il était revêtu, ne perdait aucune occasion de célébrer, il y a quinze cents ans, en termes si chaleureux, l'esprit de ses habitants, la beauté de son port, la douceur de son climat, la richesse de ses cultures et l'excellence de ses vins.

J. Hovyn de Tranchère.

P.-S. — Je ne saurais mettre un meilleur post-scriptum à cet avant-propos qu'en remerciant cordialement M. Reinhold Dezeimeris, M. l'abbé Ferrand, M. de La Ville de Mirmont, M. l'abbé Moulinet, M. Froment, M. Labadie, etc., pour le précieux et le bienveillant appui que j'ai trouvé dans leur savoir et dans leur bonne grâce.

NOTES BIOGRAPHIQUES

TABLE GÉNÉALOGIQUE

DES PARENTS D'AUSONE

NOTES BIOGRAPHIQUES

Il a laissé un chef-d'œuvre : sa vie.
(Camille JULLIAN, *Ausone à Bordeaux*.)

Ausone (D. Magnus Ausonius[1]*) naquit à Bordeaux vers l'an 309.*

Son père (Julius Ausonius), qui était né à Vasates (Bazas), où il exerçait la médecine, et avait quitté sa ville natale pour venir s'établir à Bordeaux, y acquit bientôt une réputation des plus brillantes par ses vastes connaissances et ses rares vertus personnelles.

Lorsque Ausone vint au monde, peu de temps avant la mort de sa jeune sœur Emilia Melania, la famille reporta son affection sur le nouveau-né, et Arborius, son oncle, tint à se charger de son éducation et le confia aux plus célèbres professeurs.

Il fit de si rapides progrès sous ces illustres maîtres, qu'Arborius, qui était allé enseigner la rhétorique à Toulouse, s'empressa de l'appeler auprès de lui, et Ausone acheva dans

1. D. *(Decius ou Decimus). On croit que ces deux prénoms ne lui sont venus que de l'erreur de ceux qui, le prenant pour S. Ausone, premier évêque d'Angoulême, l'auraient cité avec un* D. *majuscule, qui ne signifiait que* Divus. *Quant au prénom de* Magnus, *on pense qu'il a pu lui venir de son oncle* Emilius Magnus Arborius.

cette ville, à l'école et sous les yeux de son oncle, le cours de cette brillante éducation.

Après avoir essayé de plaider devant les tribunaux, Ausone ne tarda pas à quitter le forum et à se consacrer tout entier à la carrière de l'enseignement, où il surpassa bientôt tous ses collègues, dont plusieurs, tels que Leontius et Jucundus, avaient été ses compagnons d'études.

C'est probablement à cette époque qu'il se maria. Sa femme, Attusia Lucana Sabina, était d'une des plus nobles et des plus anciennes familles de Bordeaux. Elle était fille du sénateur Attusius Lucanus Talisius. Sabina, que distinguait sa beauté autant que sa noblesse, fut enlevée à son mari à l'âge de vingt-huit ans.

Les mérites et les succès de ses leçons de grammairien appelèrent rapidement Ausone aux fonctions de rhéteur. Il professa ainsi trente ans. Parmi les professeurs renommés des écoles gauloises, Ausone tenait le premier rang. Aussi, lorsque l'empereur Valentinien Ier voulut pourvoir à l'éducation de son fils Gratien, âgé de huit ans, qu'il venait de déclarer Auguste (367), s'empressa-t-il de l'appeler à la Cour, qui était alors à Trèves, et le chargea de l'éducation littéraire du jeune Auguste.

Dès ce moment, et grâce à cette insigne faveur, la fortune d'Ausone prend une face nouvelle, et sa muse, jusque-là pédante et routinière, trouve, de temps à autre, dans les inspirations de la vanité et de l'ambition, plus d'originalité, de verve et d'éclat.

Sa verve devint inépuisable : il chanta le Danube, il chanta Trèves, il chanta la Moselle, et célébra à grand bruit la victoire de Valentinien sur les Allemani. *Il réussit; toutes les faveurs de la Cour, qu'il charmait par sa belle humeur, lui furent acquises : il fut nommé comte et, quelque temps après, élevé à la questure.*

Ausone achevait à peine l'éducation de Gratien, quand Valentinien mourut, le 17 novembre 375. Par suite de cet événement et des circonstances qui l'accompagnèrent, Gratien s'empressa de profiter de la puissance remise tout entière entre ses mains, pour combler de ses bienfaits son maître et toute sa famille. Cinq mois après, Ausone remplaçait Probus dans la préfecture d'Afrique et d'Italie. En 378, il quittait la préfecture d'Italie, pour prendre, avec Hespérius, la préfecture des Gaules. Mais tant de faveurs ne suffisaient pas encore à son ambition : depuis longtemps il aspirait au consulat, la première dignité de l'Empire. Un an s'était à peine écoulé que Gratien le nommait consul en même temps que L. Clodius Hermogenianus Olybrius, et, comme préfet, il était déclaré premier consul.

Mais sa fortune devait s'arrêter là. Trois ans après, Gratien tombait à Lyon sous les coups de Maxime, et, malgré les faveurs et les bienfaits de Théodose, Ausone ne tarda pas à quitter Trèves et la Cour. Il était riche, il possédait plusieurs belles terres aux environs de Bordeaux et de Saintes, entre autres Lucaniacus *et* Pagus Noverus*: c'est là qu'il passa, dans le repos et les loisirs des muses, ses dernières années.*

TABLE GÉNÉALOGIQUE

DES PARENTS D'AUSONE *(D. Magnus Ausonius).*

(Dans l'ordre donné par les *Parentales.*)

I. Julius Ausonius, son père.
II. Emilia Eonia, sa mère.
III. Emilius Magnus Arborius, son oncle.
IV. Cecilius Argicius, son aïeul.
V. Emilia Corinthia, la Maure, son aïeule.
VI. Emilia Hilaria, sa tante maternelle.
VII. Claudius Contentus et Julius Calippio, ses oncles paternels.
VIII. Attusius Lucanus Talisius, son beau-père.
IX. Attusia Lucana Sabina, sa femme.
X. Le petit Ausonius et Hespérius, ses fils.
XI. Pastor, son petit-fils.
XII. Julia Dryadia, sa sœur.
XIII. Avitianus, son frère.
XIV. Valerius Latinus Euromius, son gendre.
XV. Pomponius Maximus, son beau-frère.
XVI. Varia Liceria, femme d'Arborius, son neveu.
XVII. Pomponius Maximus Herculanus, son neveu.
XVIII. Flavius Sanctus, mari de Pudentilla, sœur de sa femme.

XIX. Namia Pudentilla, sa belle-sœur.
XX. Lucanus Talisius, fils d'Attisius Lucanus.
XXI. Attusia Lucana Talisia et Erminiscius Regulus, son beau-frère et sa belle-sœur.
XXII. Severus Censor Julianus, père de sa bru.
XXIII. Paulinus et Dryadia, enfants de Paulinus et de Megentira, fille de sa sœur.
XXIV. Paulinus, gendre de sa sœur.
XXV. Emilia Dryadia, sa tante maternelle.
XXVI. Julia Cataphronia, sa tante paternelle.
XXVII. Julia Veneria, sa tante paternelle.
XXVIII. Julia Idalia, sa cousine.
XXIX. Emilia Melania, sa sœur.
XXX. Pomponia Urbica, mère de sa bru et femme de Julianus Censor.

NOTES BIBLIOGRAPHIQUES

AVEC INDICATIONS

DES TRADUCTIONS EN PROSE ET EN VERS

NOTES BIBLIOGRAPHIQUES[1]

MENTION PAR ORDRE CHRONOLOGIQUE

DES

ÉDITIONS PRINCIPALES DES ŒUVRES D'AUSONE

XVe SIÈCLE

1472. Venise, in-f°. Édition *princeps* donnée par Barth. Girardinus.
1490. Milan, in-f°. Publiée par Ferrarius.
1494. Venise, in-f°. Réimpression de l'édit. de Milan 1490.
1496. Venise, in-f°. Publiée par Georges Merula, corrigée par Jérôme Avancius; contient quelques épigrammes nouvelles et des additions dues à Francis Nursius.
1497. Milan, in-f°. Copie de la précédente.
1499. Parme, par Tadeus Ugolatus, in-4°.

XVIe SIÈCLE

1501. Venise, in-4°. Copie de la précédente.
1507. Venise, par Hier. Avantius, in-4°. Avec quelques additions.

1. Grâce aux précieuses indications de M. Labadie, le bibliographe bordelais, nous avons pu donner à ces notes toute l'extension qu'elles comportent.

1511. Paris, in-4°.
1513. Venise, in-4°.
1513. Paris, in-4°. Contenant pour la première fois l'*Idylle des Roses*.
1515. Leipzick, in-4°. Publiée par l'helléniste anglais Richard Croens.
1517. Paris, in-4°. Revue par B. Ascencius.
1517. Florence, Jonte, petit in-8°.
1517. Venise, Alde, petit in-8°. Reproduction de l'édition de Venise, 1507; 2e édition, 1522.
1523. Bâle, in-8°.
1524. Rome, in-f°. Avec des notes d'Ascencius.
1537 et 1540. Lyon, in-8°. Avec la vie d'Ausone. Reproduction 1548, 1549.
1551. Paris, in-16. Publiée par E. Vinet, sous le contrôle de Jacques Goupyl.
1557. Lyon, in-8°. Seconde édition 1558, petit in-8°. Édition donnée d'après le manuscrit de l'île Barbe
1568. Anvers, Plantin, in-16. Publiée par Th. Pulman.
1575. Lyon, Grypho, petit in-8°. Publiée par Joseph Scaliger d'après le manuscrit de l'île Barbe.
1575 - 1580. Bordeaux, Simon Millanges, in-4°, avec des commentaires d'Élie Vinet et d'après le manuscrit de l'île Barbe.
1588. S. L., in-16. Imprimée par J. Stœr, avec les notes de Scaliger et de E. Vinet.
1588. Heidelberg, in-8°.
1590, 1596, 1598, 1604. Petit in-4°. Bordeaux, Simon Millanges. Même édition à ces quatre dates. Publiées après la mort d'Élie Vinet, reproduisant l'édition de 1575 - 1580, avec les commentaires de Scaliger.
1595. Genève, in-12. Avec les commentaires de Vinet et de Scaliger, et peut-être aussi 1596 et 1598.
1595. Leyde, Plantin, in-32. D'après Scaliger.

XVIIe SIÈCLE

1605. Anvers, Plantin, in-32. D'après Scaliger.
1608. Genève, in-16. D'après Scaliger. Revue par Isaac Vossius.
1612. Anvers, Plantin, in-32. Reproduction de l'édition de 1605.
1621. Amsterdam, in-32.
1629 et 1631. Amsterdam, in-16.
1669. Amsterdam, in-32.
1671. Amsterdam, in-8°, avec les notes de Tollius et celles de tous les commentateurs qui l'ont précédé.
1680. Amsterdam, in-12.

XVIIIe SIÈCLE

1730. Paris, in-4°. Publiée par l'abbé Souchay, *ad usum Delphini*.
1750. Amsterdam, in-12.
1769. Paris. Œuvres complètes. Publiées par l'abbé Jaubert, avec traduction en prose, 4 vol. in-12.
1770. Paris, in-12.
1781. Bâle, in-8°.
1782. Mannheim, petit in-8°.
1784. Les Deux-Ponts, in-8°. Avec la vie d'Ausone par Scaliger et un index bibliographique d'après Fabricius.

XIXe SIÈCLE

1823. Londres, Valpy, in-8°, 3 vol.
1843. Paris, édit. Panckoucke, avec traduction française par Corpet, 2 vol. in-8°.

1883. Berlin, in-4°, par Ch. Schenkl. *Monumenta historica : auctores antiquissimi*; t. V, *pars prima*.

1886. Leipzig, par Peiper, in-12. *Bibliotheca* Teubner.

ÉDITION DE PIÈCES ISOLÉES
ET
TRADUCTIONS EN PROSE ET EN VERS

De claris urbibus (les villes célèbres), cum E. Vineti commentariis. Pictavis, 1565, in-4°.

De Cæsaribus. Lovanii, 1532, et Lugduni, 1540, in-8°.

Ephemeris. Paris, 1517, in-4°.

Epigrammata selecta. Lipsiae, 1675, in-8°.

Gratiarum actio. Mayence, 1617, in-4°; Altorfii, 1656, in-12.

EDYLLIA : *De ambiguitate vitae*, 1500, in-4°; cum *De studio puerili*, 1583, in-8°; Hambourg, 1637, in-8°.

— *Cento nupt*. Helmstaedt, 1597, in-4°.

— — Leyde, 1638, in-8°.

— *Cupido cruci affixus*. Hagae, 1712, in-8°.

— — Traduit en anglais par Th. Stanley, Londres, 1651, in-8°.

— *Mosella*. Mussiponti, 1615, in-8°.

— — Heidelberg, 1619, in-f°.

— — Coblentz, 1802, in-8°. Avec traduction en allemand par F. Lassaulx.

— — Hamm, 1824, in-8°. Avec commentaires de L. Tross.

— — Berlin, 1828, in-4°. Avec trad. allemande de E. Bœcking.

Edyllia : *Mosella*. 2e édition 1832. Publiée par G.-E. Klausen, avec trad. allemande et commentaires.

— — Köln, 1837, in-8°. Avec trad. allemande anonyme.

— — Trier, 1886, grand in-8°. Avec trad. allemande de H. Vichoff.

Versus paschales. Paris, 1518, in-4°.

Ludus septem sapientium. Vienne, 1500, in-4°; Bâle, 1526, in-8°; Paris, 1528; Paris, 1578, in-8°.

Gryphus. Paris, 1516, 1518 et 1522, in-4°.

— Paris, 1574 et 1583, in-4°.

— Hanovre, 1619 et 1670.

Poèmes choisis, Paris, trad. par E. Ducaté, 1897.

La Moselle, par Bégin, Metz, 1840.

— traduit et commenté par de La Ville de Mirmont (édit. Gounouilhou, Bordeaux, 1889).

Les Roses, Baïf et Ronsard (en partie).

— Marc Legrand (Armand Colin, 1896), dans l'*Ame antique*.

Épigrammes. XVII (La Monnoie); XXIII (les deux derniers vers par Amyot); XXXIV, Clément Marot; XLII, imitation citée par l'abbé Souchay et tirée du *Menagiana* (par Millevoye); XLVII, par La Monnoie; LI, Ronsard; LV, imitation citée par l'abbé Souchay, tirée de l'*Anti-Baillet* de Ménage (part. III, chap. CXXXV), Richier, Voltaire; LXII, Ronsard *(Anthologie)*; LXXI, Voltaire; LXXVIII, J.-B. Rousseau; XCI, le P. Bouhier; CII, imitée par Fontenelle; CVI, imitée par Ronsard; CVII, La Monnoie. Voir *le Portefeuille d'un rentier, au siècle dernier* (trad. en vers).

Cupidon mis en croix, trad. en vers par Hugues Salel, au XVIe siècle;

— par l'abbé de Marolles, au XVIIe siècle.

Cupidon mis en croix, trad. en vers par Ch. Roy et Fuselier ou Vergier, au XVIIIe.

— par Moreau de Rochette, 1806.

Burdigala, trad. en vers par Jouannet (*Actes de l'Académie de Bordeaux*, 1826).

Anthologie Ausonienne (impr. Gounouilhou, Bordeaux, 1897), traduction en vers par J. Hovyn de Tranchère, contenant :

Table des matières. — Avant-propos. — Notes biographiques. — Table généalogique des parents d'Ausone. — Notes bibliographiques avec indication des traductions en prose et en vers. — Notes sur les terres et les villas d'Ausone.

Anthologie : *Ausone à Théodose Auguste. — Bordeaux. — Épicédion (éloge funèbre) de Julius Ausonius, père d'Ausone. — La petite villa d'Ausone. — Les Roses. — Cupidon mis en croix. — La Moselle. — Exhortation à son petit-fils Ausonius sur les études de l'enfance. — Ausone à Théon. — Ausone au rhéteur Axius Paulius. — Ausone à Paulin. — L'Éphéméride : Avant-propos; la Prière; la Sortie. — Épigrammes et Épitaphe.*

CRITIQUE ET BIOGRAPHIE

AMPÈRE, *Histoire littéraire de la France avant Charlemagne*. (Paris, 1840, 3 vol. in-8°, liv. I, chap. VI et suiv.)

ARCHIMBAULT (l'abbé), *Recueil de pièces fugitives*. (Paris, 1717, 2 vol. in-8°.)

AXT, *Questiones Ausoniae*. (Lipsiae, 1873, in-8°. Thèse.)

BOLT, *Silva critica.* (Harlem, 1766.)

BRANDUS, *Ausoniarum questionum specimen.* (Brunsvigae, 1876, in-8°. Thèse.)

CHAUDRUC DE CHAZANES (baron), *Dissertation sur une petite statue antique* qui serait celle du poète Ausone. (*Mém. des antiq. de France,* 1840.)

CORSINI (Ed.), *Epistola de Burdigalensi Ausonii consulatu.* (Pisis, 1764, in-4°.)

DEZEIMERIS (Reinold), *Leçons nouvelles et remarques* sur le texte de divers auteurs (*Actes de l'Académie de Bordeaux,* 1875-1880-1883).

— *A propos d'un manuscrit d'Ausone* (*Annales de la Faculté des Lettres de Bordeaux,* 1882).

EVERAT (Ed.), *De Ausonii operibus.* (Lutetiae, 1885, in-8°. Thèse.)

FABRICIUS, *Bibliotheca latina.*

GOUGET (l'abbé), *Bibliothèque française.*

MERTENS (M.), *Questiones Ausoniae.* (Lipsiae, 1880, in-8°. Thèse.)

PEIPER (R.), *Die handschriftliche Ueberliferung des Ausonius.*

PUTTMANN, *De epocha Ausoniana.* (Leipsick, 1776, in-8°.)

PUYMAIGRES (le comte Th. de), *Vie d'Ausone.* (Metz, 1848, in-12).

THIERRY (Amédée), *D'Ausone et de la littérature latine en Gaule au IVe siècle.* (Besançon, 1889, in-4°. Thèse.)

SCALIGER, *Ausoniarum lectionum libri duo ad Eliam Vinetum.* (Lugduni, 1573.)

TILLEMONT (Lenain de), *Histoire des Empereurs...* (passim).

RASCHE (Th.), *De re metrica Ausonii.* (Berolini, 1868, in-8°, 30 p.)

Grande Encyclopédie moderne (en cours de publication). Article biographique par DE LA VILLE DE MIRMONT.

RENSEIGNEMENTS COMPLÉMENTAIRES

Dictionnaire historique (article du), Bayle.

Histoire littéraire de la France, par les Bénédictins *(passim).*

Opuscula academica, par G. Heyne, professeur d'éloquence et de poésie à l'université de Gœttingue.

Histoire littéraire, J.-J. Ampère.

Études historiques et littéraires sur Ausone, J.-C. Demogeot.

Adversaria, Nic. Heinsius.

Poetae latini minores, Wermsdorff et Lemaire.

Collectiona litteraria, C.-J. Reuven.

Mosella, L. Tross et Bœcking.

Notice sur Ausone et ses ouvrages, publiée par Coupé dans les *Soirées littéraires* (t. VI).

Article par M. D. Chésurolles, dans la *Biographie universelle* de Michaud (2e édit.).

La Moselle, trad. en prose par Nisard, Paris.

Bibliographie complète. (Leipzig, 1882.) *Bibliotheca scriptorum classicorum,* Engelmann et Preuss.

Bibliotheca philologica classica. (Berlin, Calvary.)

De Paulini Nolani Ausoniique epistolarum commercio. (Paris, 1887.)

Ausonius und seine Vorbilder (extrait des *Berichte des freien deutschen Hochstiftes,* 1890).

Lettre sur la vie et les écrits d'Ausone, lue par Bellet dans une assemblée de l'Académie de Bordeaux, le 25 août 1725.

Lettre sur le même sujet, adressée par Meunier de Querlon, en 1736, à M. Bernard, et réimprimée en 1741 (t. XI, p. 171, des *Amusements du cœur et de l'esprit*).

NOTES

SUR

LES TERRES ET LES VILLAS

D'AUSONE

NOTES SUR LES TERRES ET LES VILLAS D'AUSONE

Ausone possédait en Aquitaine, en Saintonge, en Poitou, de nombreuses villas et des terres d'une grande étendue.

C'était d'abord, en Aquitaine, sa *Villula,* la seule du reste sur laquelle il nous ait donné des renseignements assez détaillés; puis *Lucaniacus,* et plusieurs autres dont les noms ne nous sont pas parvenus; en Saintonge et en Poitou, *Noverus Pagus, Rauranum,* les *Thermes Marojaliques,* etc.

D'après ce qu'Ausone en dit lui-même[1] :

« 1° Sa *Villula,* située sur le parcours de la marée, n'était ni trop près, ni trop loin de Bordeaux : elle était assez loin de cette ville pour que l'on n'eût pas à craindre les visites des importuns, assez près pour que l'on pût jouir de tous les avantages attachés à une telle proximité[2] ;

» 2° Elle devait n'être pas trop éloignée de *Vasates* (Bazas), où habitaient ses premiers propriétaires[3] ;

1. Communications de M. Reinhold Dezeimeris à l'Académie de Bordeaux dans ses séances du 12 novembre 1868 et du 27 mai 1869.
2. Ausonii *Edyll.* III, 26, 29-30.
3. *Ibid.,* v. 4 *Edyll.* II, 3-4.

» 3° Elle était sur la rive droite de la Garonne et très près de la rivière[1];

» 4° Elle avait devant elle une source, avec un réservoir de dimension médiocre, puis la Garonne[2]. »

Or l'énumération de ces exigences constitue la description rigoureuse de ce que l'on voit à Loupiac[3]. Les débris gallo-romains qu'on y a découverts et sur lesquels nous donnerons plus loin quelques détails, sont à environ 300 mètres de la Garonne; ils dominent une superbe fontaine débitant plus de quinze barriques d'eau par heure, et, au bord de cette fontaine, on distingue des restes d'antiques murailles cimentées. Loupiac est sur la rive droite de la Garonne, sur le parcours de la marée, à environ neuf lieues de Bordeaux, à deux de Langon, à six de Bazas. On peut d'ailleurs voir dans Sidonius Apollinaris[4] combien, de son temps, ce trajet par eau, de Langon à Bordeaux, s'effectuait d'une façon agréable et rapide.

L'examen des gros murs subsistants, quelques-uns hors du sol, mais la plupart sous terre ou à fleur de terre, permet de supposer que l'ensemble du bâtiment gallo-romain, ou du moins de la *villa urbana,* devait offrir la forme d'un parallélogramme régulier, ayant environ 80 mètres de long sur 60 mètres de profondeur, en encadrant une cour intérieure.

Parmi les nombreux débris trouvés à Loupiac et se composant de briques à rebord intactes, de briques striées, de fragments de colonnes en pierre et en marbre, de pièces de monnaie impériales, d'innombrables fragments de marbres variés pour parements intérieurs, de plinthes, de cimaises, etc., d'enduits blancs et d'enduits peints, de tuyaux d'hypocauste, de carreaux, de baignoires, de restes d'amphore, de vases en marbre et en terre, etc., il en est trois, entre autres, d'un intérêt de

1. *Mosella,* 160 et suiv. *Edyll.* III, 25.
2. *Edyll.* III, 25.
3. Canton de Cadillac, arrondissement de Bordeaux.
4. *Epist.* VIII, 2.

premier ordre : c'est d'abord une partie importante d'une plaque de marbre vert [1], couverte de caractères semblables à ceux employés dans les inscriptions du IVe siècle, et dans lesquels M. Dezeimeris a eu la bonne fortune et l'habileté de discerner des vers anapestiques monomètres, probablement d'Ausone, en l'honneur de Leontius, un de ses meilleurs amis [2]; puis une superbe mosaïque, qui paraît avoir orné jadis l'*atrium* ou le *tablinum* de la villa. Elle était composée d'un fond, où des fruits de fantaisie et des ornements divers se reproduisent dans une disposition symétrique, et d'une bordure d'environ 1 mètre de large, formée par les enroulements capricieux de tiges de lierre garnies de feuilles et de grappes. Cette bordure, qui était la partie la plus gracieuse de l'œuvre, et dont il ne reste malheureusement qu'un fragment, était limitée elle-même, des deux côtés, par une torsade d'un type très connu, qui paraît avoir été le complément presque indispensable de mosaïques gallo-romaines trouvées à Bordeaux ou dans les contrées avoisinantes.

Enfin, à l'autre extrémité de l'enceinte de la villa, il a été récemment découvert des fragments de la bordure d'une importante mosaïque à personnages, qui aurait été trouvée et enlevée en 1844, et dont l'appareil semble être plus délicat et l'exécution plus soignée que dans l'autre mosaïque [3].

Quant à *Lucaniacus*, sa ressemblance de nom avec celui de *Lugaignac* (petite commune, de 266 habitants, du canton de Branne sur la Dordogne) avait naturellement fait supposer que c'était dans ce dernier endroit que devait avoir été situé le *Lucaniacus* dont Ausone fait mention [4].

1. La plaque originale mesure 0m42 dans sa plus grande largeur, et 0m40 dans sa plus grande hauteur. Les lettres ont en moyenne 0m03 de hauteur.
2. *Professores*, VII.
3. Extrait en grande partie de la communication complémentaire faite par M. R. Dezeimeris à l'Académie de Bordeaux, dans sa séance du 27 mai 1869.
4. Epig. XXII et XXX. Epist. nº 5. Lettre de saint Paulin nº VII.

Mais quand on se fut avisé de remarquer que Théon n'aurait eu nul besoin de prendre des chariots attelés de mules[1] pour aller à Lugaignac lorsqu'il pouvait s'y rendre bien plus facilement en remontant la Dordogne sur le bateau qui l'avait porté du Médoc au port de Condat, et surtout lorsqu'on découvrit, en 1843, les ruines d'une immense villa à Saint-André, dans la commune de Saint-Georges-de-Montagne (arrondissement de Libourne, canton de Lussac), on dut reconnaître que c'était là qu'il fallait chercher ce fameux Lucaniacus, dont saint Paulin parle en termes si pompeux dans une de ses lettres à Ausone[2].

Dans son *Histoire de Libourne*[3], Guinodie donne les plus longs et les plus minutieux détails sur ces précieuses découvertes : « Ce sont, dit-il, des mosaïques élégantes et des mosaïques grossières, des fragments de carreaux, de colonnes, de chapiteaux en marbre blanc d'Italie et en couleur des Pyrénées, des hypocaustes, des tuiles, des briques, des morceaux de poteries fines et communes, des petites médailles en bronze du temps de Constantin et de Théodose, des têtes de femmes, des parties de statues très intéressantes, enfin deux statuettes en marbre de Carrare d'environ 70 centimètres de hauteur.

» On reconnaît dans une de ces statuettes *Diane chasseresse*. Appuyée contre un chêne et ombragée par ses rameaux,

1. Lettre d'Ausone à Théon n° V :

Invenies præsto subjuncta petorita mulis,
Villa Lucani — mox patieris — aco.

(Tu trouveras là, sous ta main, des chariots attelés de mules, et tu arriveras promptement à la villa Lucaniacus.)

2. *Aut quum Lucani retineris culmine fundi*
Æmula Romuleis habitans fastigia tectis...

(Ou lorsque, retenu sous les voûtes de ton domaine de Lucaniacus, tu séjournes dans ce palais rival des monuments de Rome...)

(Lettre n° 1 de Pontius Meropius Paulinus à Ausone.)

3. *Histoire de Libourne*, par Raymond Guinodie (t. III, p. 272 et suiv.).

elle porte sur son dos le carquois et tire de l'arc. Sa jambe gauche est tendue et la droite relevée comme pour marcher. Son cerf chéri, métamorphose d'Actéon, est couché à ses pieds.

» L'autre statuette, *Vénus Anadyomène, sortant de l'onde,* étreint, de sa main droite, une large mèche de sa chevelure, et tient, de la main gauche, le manche d'un instrument, dont l'extrémité relevée offre une rainure destinée sans doute à recevoir un miroir. Ce manche est également soutenu par un Amour à cheval sur l'épaule d'un Triton, qui porte une rame dans la main gauche. A droite et aux pieds de Vénus est un autre Amour enfourchant un dauphin, dont il s'apprête à exciter les mouvements au moyen d'un fouet qu'il tient dans sa main gauche. »

Mais si Guinodie établit d'une manière péremptoire que ces débris provenaient du Lucaniacus de notre poète, et que cette splendide villa n'avait nullement tiré son nom du lieu où elle avait été bâtie, mais bien, d'une façon ou de l'autre, du riche sénateur LUCANUS TALISIUS, le beau-père d'Ausone, en revanche, par une méprise incompréhensible, il confond en un seul domaine la *villa* de Lucaniacus et la *villula* qu'Ausone décrit dans sa troisième idylle, et place arbitrairement cette dernière sur les rives de la Dordogne, tandis qu'elle était notoirement sur celles de « la blonde Garonne » 1.

C'est en 1843 que, par suite de ses intelligentes recherches, M. Corre découvrit ces précieuses reliques d'un temps déjà bien éloigné de nous. Depuis lors, elles sont conservées, avec un soin religieux, par M. Rousseau, propriétaire actuel du beau domaine de Saint-André, que l'on désigne parfois, dans le pays, sous le nom du Petit-Corbin.

Quelques jours après ces intéressantes trouvailles, M. Jou-

1. Voir Vinet et Fleury, *Mosella* (idylle X) :

Sic mea flamentem pingunt vineta Garumnam.

(Ainsi mes vignobles se reflètent dans la blonde Garonne.)

hannet en fit un rapport sommaire à la Commission des Monuments historiques, dans lequel il se contenta de constater que les deux statuettes en marbre de Carrare, de 70 centimètres de hauteur, appartenant par leur style au bas-empire et trouvées à 65 centimètres de profondeur, étaient bien, en effet, une *Vénus Anadyomène* et une *Diane chasseresse*.

En 1846, M. Rabanis, professeur d'histoire et doyen de la Faculté des sciences de Bordeaux, désirant s'en rendre compte par lui-même, se rendit sur les lieux et s'empressa de faire ressortir en ces termes, dans la *Chronique de Libourne* du 5 octobre, l'importance et la valeur de ces débris au point de vue archéologique :

« Dès qu'on est entré dans le domaine de M. Corre, on marche sur des fragments et des ruines de toute espèce, tuiles romaines, briques parementées, tablettes de marbre, tronçons de colonnes, etc... Quelque part qu'on se dirige, dans le jardin potager, dans les vignes, dans les terres, partout, partout des vestiges d'antiquités, ramenés à la surface, frappent la vue et éveillent la curiosité. On voudrait fouiller et retourner dans tous les sens ces masses de décombres, tellement on y rencontre de débris qui, par leur matière ou leur forme, indiquent l'existence d'un vaste et somptueux édifice.

» En dehors des statuettes de marbre conservées par M. Corre, les ornements de la villa sont presque tous plus ou moins mutilés, mais ce qui en a survécu suffit pour faire présumer l'importance de l'ensemble.

» A quelques pas du bâtiment d'exploitation, ce sont les restes du sol d'une piscine, reconnaissable à son carrelage formé de briques de 50 centimètres de longueur, qui reposaient sur plusieurs assises d'un béton imperméable.

» En fait d'objets d'art, la vue est d'abord attirée par deux blocs de calcaire de montagne, de 1 mètre de largeur sur 60 centimètres de hauteur, qui ont évidemment appartenu aux assises d'une construction carrée, décorée de sculptures sur toutes ses faces. Le travail de sculpture a plus d'énergie que de correction; il appartient à une époque de décadence et offre une remarquable analogie avec les monuments du même genre qui ont été récemment découverts à Bordeaux, et qui sont indubitablement du ɪvᵉ siècle.

» A côté de la porte d'entrée de la métairie, on aperçoit sur le sol une statue mutilée, qui devait avoir 1m70 de hauteur. La tête, les bras et les extrémités inférieures ont disparu. Le torse, à peu près nu, est d'un jeune homme; une draperie est jetée sur les épaules, en manière d'écharpe pour se replier autour de chaque bras.

» On a conservé encore un fragment d'un groupe en demi-relief qui devait représenter Hercule saisissant Lycas pour le précipiter dans la mer, ou peut-être Polyphème prêt à dévorer l'un des compagnons d'Ulysse, et enfin un autre fragment de cithare auquel tiennent encore les mains du personnage qui jouait de cet instrument. »

Que si l'on remarque par ailleurs qu'on retrouve ces débris sur une surface de plus de dix hectares, coupée en tous sens par des lignes de murailles qui, malheureusement, n'ont pas été relevées à mesure qu'on les rencontrait, on est autorisé à en conclure que c'est bien là qu'était situé ce superbe *Lucaniacus,* dont les luxueuses constructions rivalisaient, d'après saint Paulin, avec les plus riches palais de la Rome impériale.

On a également trouvé à Saint-Martin-de-Mazerat et surtout à la Madeleine, près de Saint-Émilion, à l'endroit même où s'élève aujourd'hui le château Ausone, des ruines de constructions gallo-romaines formant une sorte de terrasse et, dans ces ruines, de nombreux débris de fûts et de chapiteaux de colonnes, un éperon, etc., qui ont donné à supposer, avec une sérieuse apparence de raison, qu'Ausone avait là une villa. Cette légende est d'autant plus admissible que le consul-poète, qui profitait de toutes les occasions pour célébrer les vins de l'Aquitaine, avait dû, le plus naturellement du monde, songer à avoir une maison de campagne et de vendanges au milieu des rochers de la Madeleine, ce berceau des grands vins de Saint-Émilion.

Malgré toutes les démarches que nous avons faites à Saintes, et les renseignements que nous a donnés, sans compter, M. Audiat, l'aimable et savant bibliothécaire de la ville, nous n'avons pu parvenir à déterminer, d'une manière absolument précise, le lieu où se trouvait le *Pagus Noverus,* si cher à Ausone[1].

Du reste, il nous suffira de citer textuellement l'opinion des savants qui se sont occupés de cette question, pour que l'on comprenne que, jusqu'à ce moment, elle n'a jamais été complètement éclaircie.

Ainsi, dans ses *Recherches topographiques sur les antiquités gauloises et romaines de la province de Saintonge,* Bourignon se demande :

« Où pourrait être le bourg appelé *Noverus?* Scaliger, Ortellius, La Martinière, de la Sauvagère pensent que *Noverus* est le même lieu que la station *Novioregum* que plusieurs

1. *Terjuga Burdigalae trina me flumina coetu*
Secernunt turbis popularibus : otiaque inter
Vitiferi exercent colles, laetumque colonis
Uber agri, tum prata virentia ; tum nemus umbris
Mobilibus celebrique frequens ecclesia vico ;
Totque mea in Novero *sibi proximo praedia* Pago...

Quant à moi, de Bordeaux et de ses citoyens
Par trois fleuves * je suis séparé de la ville ;
Aux travaux de mes champs j'occupe mes loisirs,
Je prépare ma vigne aux vendanges prochaines,
A mes prés, à mes bois bornant tous mes plaisirs,
Je passe tout mon temps au sein de mes domaines
Du *bourg de Noverus,* l'un de l'autre voisins ;
J'y trouve autour de moi nombreuse compagnie,
Un air clément et pur, un climat des plus sains.....
(Ausonii Epistol. XXIII).

* La Garonne, la Dordogne et la Charente. D'après quelques commentateurs, une de ces deux dernières rivières pourrait bien être *la Seudre,* qui passe à Saujon et traversait la voie romaine qui conduisait à Noverus.

géographes placent à *Royan*, et de la Sauvagère, au village de *Toulon*, près de *Saujon*.

» Élie Vinet, le commentateur d'Ausone, a jugé, avec plus de raison, que cette villa était située dans la paroisse de *Noulliers*, à une heure de *Saint-Jean-d'Angély* et à une distance égale d'*Archingeay*. Ce qui rend encore plus possible cette opinion de Vinet, c'est que, ainsi que le dit Ausone, dans sa lettre à saint Paulin [1], si on plaçait *Noverus*, soit à *Royan*, soit au village de *Toulon*, *Noverus* ne serait plus séparé de Bordeaux par trois fleuves, et il aurait été plus facile à Ausone de faire passer par *Tamnum (Talmont)* le vin qu'il avait le projet d'acheter, que de le faire transporter à *Saintes* [2]. »

Lacurie, auteur de la *Statistique monumentale du département de la Charente-Inférieure*, est plus affirmatif :

« Vers la fin du IVe siècle, écrit-il, le rhéteur Ausone vint jeter un éclat immortel sur la ville de Saintes. C'est sous les murs de la cité qu'il faut chercher le *Pagus Noverus* du célèbre Bordelais.

» Bien que ce point de notre histoire soit très vivement controversé, pour nous le *Pagus Noverus* était sous les murs de *Saintes*, et dans le voisinage du faubourg Saint-Pallais. »

Enfin, M. le baron Chaudruc de Chazannes entre à ce sujet dans des détails que nous nous empressons de reproduire, surtout à titre de document concernant les différentes villas d'Ausone [3] :

« Ausone avait trois maisons de campagne :

» 1° *Julia* ou *Juliac*, de Julius, nom de famille. Cette villa

1. Voir la lettre précitée.

2. Vinum quum bijugo parabo plaustro
Primo tempore *Santonas* vehendum.....
(Ausonii Epistol. XI.)

3. *Dissertation sur la position de Noverus.*

était sur les bords de la Garonne et peu éloignée de Bordeaux[1];

» 2° *Lucaniacus,* qui lui venait de son beau-père Attusius Lucanus Talisius;

» 3° *Pagus Noverus,* dont la position n'est pas encore exactement déterminée.

» Tandis qu'Ortellius et La Martinière la plaçaient à Royan, qui, d'après eux, est le *Novio-Regum* de l'itinéraire d'Antonin, M. de la Sauvagère la portait près de *Saujon,* au village de *Toulon,* qui, dans son opinion, serait le véritable *Novio-Regum.*

» D'après Vinet, Bourignon, l'abbé Jaubert et M. d'Orbesson, dans ses *Éclaircissements sur Ausone,* le *Pagus Noverus* était situé au village de Noulliers, au delà de Saintes et à une lieue de Saint-Jean-d'Angély.

» *Toulon,* qui n'est aujourd'hui qu'un mince village, avait autrefois une importance considérable. On y a trouvé d'anciens tombeaux, des armes, des médailles impériales, des fragments de marbre employés à la décoration intérieure des maisons.

» C'est surtout entre *Toulon* et *la Férodière* que l'on a découvert ces traces incontestables de la villa d'Ausone, de même qu'à Saintes il existe encore des tombeaux portant les noms des parents d'Ausone, comme ceux, par exemple, de Lucanus et d'Urbica[2]. »

Quant aux *Thermes Marojaliques,* on en est réduit, pour toute indication, à ces vers d'une lettre de saint Paulin :

Quumque Marojalicis tua prodigis otia thermis
Inter en umbrosos donas tibi vivere lucos,
Laeta locis, et mira colens habitacula tectis...

1. C'est cette villa, que son père lui avait laissée en mourant, qu'Ausone a chantée dans sa 3e idylle.

2. Voir plus haut, à la page XVII, la *Table généalogique des parents d'Ausone.*

(Et quand tu prodigues tes loisirs aux Thermes Marojaliques, quand tu te plais à vivre sous les ombrages des forêts, que tu recherches des sites ravissants et des résidences d'une beauté merveilleuse...)

D'où il résulte qu'il y a tout lieu de supposer que *les Thermes Marojaliques* n'étaient point le nom d'une villa d'Ausone, mais tout simplement celui d'une station balnéaire telle que les eaux minérales d'*Archingeay*, où le poète-consul aimait à passer quelque temps, chaque année, avec ses clients et ses amis.

En revanche, il n'en est pas de même pour *Rauranum*[1].

En effet, des renseignements que M. Chotard, l'excellent bibliothécaire de la ville de Niort, s'est plu à mettre à notre disposition, prouvent jusqu'à la dernière évidence que *Rauranum* était situé à l'endroit même où est aujourd'hui la modeste bourgade de Rom, dans le département des Deux-Sèvres, entre Aulnay et Poitiers, à l'intersection des voies romaines allant de Périgueux à Nantes et de Saintes à Poitiers[2].

L'ancien *Rauranum* se composait de deux grandes constructions, l'une à la place du bourg actuel et l'autre dans la plaine dite de *Château-Sarrazin*.

Les travaux de fouilles, entrepris il y a une cinquantaine d'années, mirent à découvert des bornes aux noms de Tétricus

1. Par un motif difficile à comprendre, le baron Chaudruc de Chazannes a omis de mentionner *Rauranum* dans le nombre des villas d'Ausone, bien que, dans sa lettre (n° 1) à Ausone, saint Paulin en parle dans ces termes :

> *Vel quia Pictonicis tibi fertile rus viret arves,*
> *Rauranum Ausonias huc devexisse curules*
> *Conquerar ?...*

(Ou parce que tu as des champs fertiles qui verdoient dans les plaines Pictaves, dois-je te reprocher d'avoir transporté à *Rauranum* les curules d'Ausonie ?)

2. C'est par erreur que jusqu'à présent on avait placé *Rom* entre *Aulnay* *(Aunedennacum)* et *Saintes (Medielanum Santonum)*.

et de Tacite, qui sont aujourd'hui déposées au Musée de Niort.

En 1883, l'abbé Métais et, en 1884, M. X. Levrier trouvèrent dans les champs de Château-Sarrazin d'importantes substructions dont les murs étaient couverts d'enduits peints à l'huile.

Parmi les objets recueillis, on remarquait de beaux échantillons de poterie rouge décorée d'ornements en relief, des fibules, une pince à épiler, des épingles en or, ayant servi à la toilette des dames gallo-romaines, et des monnaies d'Auguste.

En 1886, M. Brunereau, notaire à *Rom,* faisait sortir de terre, à la suite d'intelligentes recherches, une série d'appartements de l'époque gallo-romaine et un grand nombre d'anciens objets, dont nous donnons plus loin la nomenclature.

L'année suivante, l'infatigable explorateur découvrait, au même endroit, un hypocauste muni de 64 petits piliers, qui paraissaient avoir subi, pendant longtemps, l'action du feu.

En 1890, à la suite d'un concours agricole organisé à Lamothe-Saint-Héray par M. Giraudias, M. Brunereau exposa ses découvertes, qui produisirent d'autant plus d'effet qu'elles confirmaient l'opinion de tous ceux qui avaient déjà pressenti que *Rom* était bien réellement l'endroit où se trouvait l'attrayant *Rauranum* d'Ausone.

Voici la liste exacte de ces intéressants objets[1] :

Agrafes : 5 gauloises, 12 romaines ;

Amussis, 4 pièces ;

Anses de situla, 2 pièces ;

Anneaux : 25 de doigt, 20 de rideaux, 1 d'oreille ;

Bordure de bouclier, 1 pièce ;

Borne milliaire ;

Bulles et amulettes, 15 pièces ;

1. *Revue Poitevine et Saintongeoise* (année 1890, p. 378).

Bronzes ayant fait partie d'objets mobiliers;

Colonne milliaire de Tacite;

Cœlas, 12 pièces;

Calculi, 20 pièces, dont 2 avec inscription;

Charnières de meubles, 8 pièces.

Cubes pour mosaïques;

Culter, 1 pièce;

Empreinte d'un bas-relief représentant Jupiter (l'original est aujourd'hui déposé au musée des Antiquaires de l'Ouest);

Fragment du dieu Terme;

Fibules, 15 pièces, dont 3 avec noms;

Hache;

Lampes, 2 pièces,

Meules à bras, 7 pièces;

Monnaies;

Ornements d'incrustation, 20 pièces;

Ornements de fourreau d'épée;

Pierres sculptées;

Poteries dites samiennes des Ier, IIe, IIIe et IVe siècles, dont 3 pièces intactes et nombreux fragments;

Poteries noires des quatre premiers siècles, dont 2 pièces intactes et nombreux fragments;

Poteries des IVe et Ve siècles: 1 vase intact et nombreux fragments;

Poteries sigillées, 20 pièces;

Poignards, couteaux et fers de lance, 8 pièces;

Roue dite tympanum, 1 pièce;

Spatha, 1 pièce; strigiles, 2 pièces; stylets, 28 pièces;

Vase en lave;

Vase celtique.

ANTHOLOGIE

PETITE PRÉFACE

PETITE PRÉFACE

(PRÆFATIUNCULÆ. — N° I)

AUSONE A THÉODOSE AUGUSTE[1]

Si la blonde Cérès ordonne au laboureur
D'ensemencer le sol, si Mars à son armée
Commande d'avancer, si Neptune est d'humeur
A détacher du port la flotte désarmée,
Obéir à l'instant est alors un devoir;
Hésiter deviendrait un crime impardonnable.
Si le grain dans le sol ne peut se recevoir,
Si le soldat n'est pas au combat présentable,
Si du courroux des flots tout est à redouter,
Que m'importe, pourvu qu'un bon guide me mène!
Qu'un homme donne un ordre, on peut le discuter;
Mais quand il vient d'un dieu, l'on obéit sans peine :
Auguste veut des vers, je le contenterai.
Je n'ai point de talent, ce n'est que trop visible,

1 Théodose Ier (Flavius). — Après la défaite de Valens par les Wisigoths, Gratien l'appela à l'Empire (379). Après la mort de Gratien (383), il traita avec l'usurpateur Maxime, devint en 394 maître de tout l'Empire, et mourut à Milan en 395. Surnommé *le Grand*, il fut le dernier empereur qui mérita le nom de César.

Mais que César l'exige, aussitôt j'en aurai.
Et pourrais-je, à bon droit, tenir comme impossible
Ce qu'il croit que je dois faire facilement?
Je ne puis qu'obéir du moment qu'il m'en prie,
Et chez lui la prière est un commandement
Qui ravive d'un mot une verve tarie.
Il m'aide en exigeant; devant sa volonté
Je n'ai qu'à m'incliner : aussi je me contente
De répondre au désir de son autorité,
En faisant que mes vers plaisent à son attente.
O père des Romains, ce livre c'est le tien,
Ces pages sont à toi, je te les ai promises;
Si parfois je faiblis, prête-moi ton soutien,
Et pardonne aux erreurs que pour toi j'ai commises [1].

1 Cette préface semble être la réponse d'Ausone à la lettre suivante, que l'empereur Théodose lui avait écrite. Bien que plusieurs critiques la croient supposée, Tillemont, Bayle et les auteurs de l'*Histoire littéraire de la France* ne doutent pas de son authenticité :

« *Théodose Auguste à Ausone son père,*

» SALUT.

» Mon amour pour toi et mon admiration pour ton génie et ton savoir qui sont grands, ont fait, mon bien-aimé père, que j'ai mis de côté la réserve ordinaire aux autres princes, et que je t'envoie, en ami, un billet de ma main pour te demander, non certes en vertu de mon droit royal, mais au nom de notre affection privée, de ne pas me dérober la lecture de tes écrits. Je les ai lus autrefois, mais, avec le temps, je les ai oubliés, et je les désire encore, non seulement pour revoir ceux qui me sont connus, mais encore pour posséder ceux qui les ont suivis, et que la renommée vante avec éclat. Tu n'hésiteras donc pas, toi qui m'aimes, à les tirer pour moi de l'armoire de ta bibliothèque, imitant l'exemple des meilleurs écrivains, dont tu as bien mérité d'être l'égal et qui soumettaient à l'envi leurs œuvres à Octavien Auguste, maître de l'Empire, en l'honneur duquel ils créaient beaucoup et sans fin. Je ne sais s'il les admirait autant que je t'admire, mais à coup sûr il ne les aimait pas davantage. Adieu, père. » (Note de E.-F. CORPET.)

LES VILLES CÉLÈBRES

LES VILLES CÉLÈBRES

(CLARÆ URBES. — N° XIV)

BORDEAUX

Pourquoi ces longs retards et ce silence impie
Que j'ai gardé sur toi, Bordeaux, ô ma patrie?
Pourquoi n'ai-je donc pas célébré tout d'abord
Tes vins chers à Bacchus, ton climat et ton port,
Ton illustre Sénat, tes fleuves magnifiques,
L'esprit de tes enfants et tes gloires civiques,
Comme si, dans mes chants, d'une obscure cité,
J'hésitais à tracer l'éloge immérité?
Non, non, ce n'est pas là le motif qui me guide,
Car je n'habite point les bords du Rhin perfide,
Ni les sommets glacés de l'Hémus nuageux:
C'est Bordeaux qui me vit au jour ouvrir les yeux,
Bordeaux au ciel clément, aux fertiles ondées,
Où par l'humidité les terres fécondées

1. L' « Idylle », aujourd'hui, est un poème bucolique. Dans l'antiquité, ce mot désignait une espèce de petit poème sur un sujet quelconque; de même pour l' « Églogue ».

Remboursent largement leurs multiples labours,
Où les printemps sont longs, où les hivers sont courts,
Où le coteau revêt un manteau de feuillage,
Tandis que de ses eaux le flux bat le rivage.
Sur l'enceinte carrée aux remparts protecteurs,
On a construit des tours à de telles hauteurs,
Que de loin leurs sommets semblent percer les nues;
On admire au dedans le croisement des rues,
Les places s'étendant dans leurs larges pourtours,
Les portes faisant face à tous les carrefours,
Et, traversant en paix le milieu de la ville,
Le lit d'une rivière, à l'allure tranquille,
Qui s'agite et grossit, quand le Père des eaux,
Le puissant Océan, y pousse les vaisseaux.
Dois-je chanter aussi la fontaine sacrée,
Que le Paros revêt d'une teinte nacrée,
Et qui, comme l'Euripe aux flots tumultueux,
Bouillonne dans le fond d'un abîme écumeux?
Comme elle enfle ses eaux! Quels torrents elle roule
Par les douze conduits, dont constamment s'écoule,
Sans s'épuiser jamais, le breuvage attendu!
Roi des Mèdes, dis-moi, qu'aurais-tu répondu
Si l'on t'avait offert cette onde intarissable,
Quand, devant tes soldats, l'eau fuyait dans le sable,
Toi, qui portais partout et ne trouvais pour toi
Que l'eau du Choaspès qui fût digne d'un roi?
Salut, trois fois salut, ô fontaine divine,
Limpide, murmurante, ombreuse, cristalline,
D'un cristal aussi pur que l'eau de Némausus [1],

1. *Nemausus* est le nom latin de Nimes, et nullement le nom d'un fleuve, comme presque tous les traducteurs, à part l'abbé Jaubert, paraissent l'avoir supposé.

Qui lutte d'abondance avec le Timavus,
Dont le breuvage est sain comme l'eau de l'Apone,
Toi qu'en celte on nomma du doux nom de Divone,
Fontaine, dont la source, inconnue aux mortels,
A mérité chez eux un temple et des autels!
De la ville fécond et bienfaisant génie,
Salut, trois fois salut, ô fontaine bénie!

Des célèbres cités j'ai dit le cycle entier,
Rome a mon premier chant et Bordeaux le dernier:
Pour Bordeaux mon amour, mais pour Rome mon culte,
Tout autre sentiment leur serait une insulte.
Rome avant la patrie, ainsi veulent les dieux:
Dans l'une citoyen et consul dans les deux,
Je puis, s'il me convient, mettre sur ma cédule:
Ici j'ai mon berceau, là ma chaise curule [1].

1. Ces derniers vers, qui ont prêté à des commentaires de toutes sortes, sont expliqués ainsi qu'il suit par Adrien de Valois (*Valesiana*, p. 231) « Ausone aime Bordeaux où il est né et dont il est citoyen, mais il honore et vénère Rome, parce qu'il y a pris, avec le nom de *consul ordinaire*, la selle curule et les autres marques consulaires. Or, qui était *consul ordinaire, était nommé et reconnu consul* pour tout l'empire romain. »

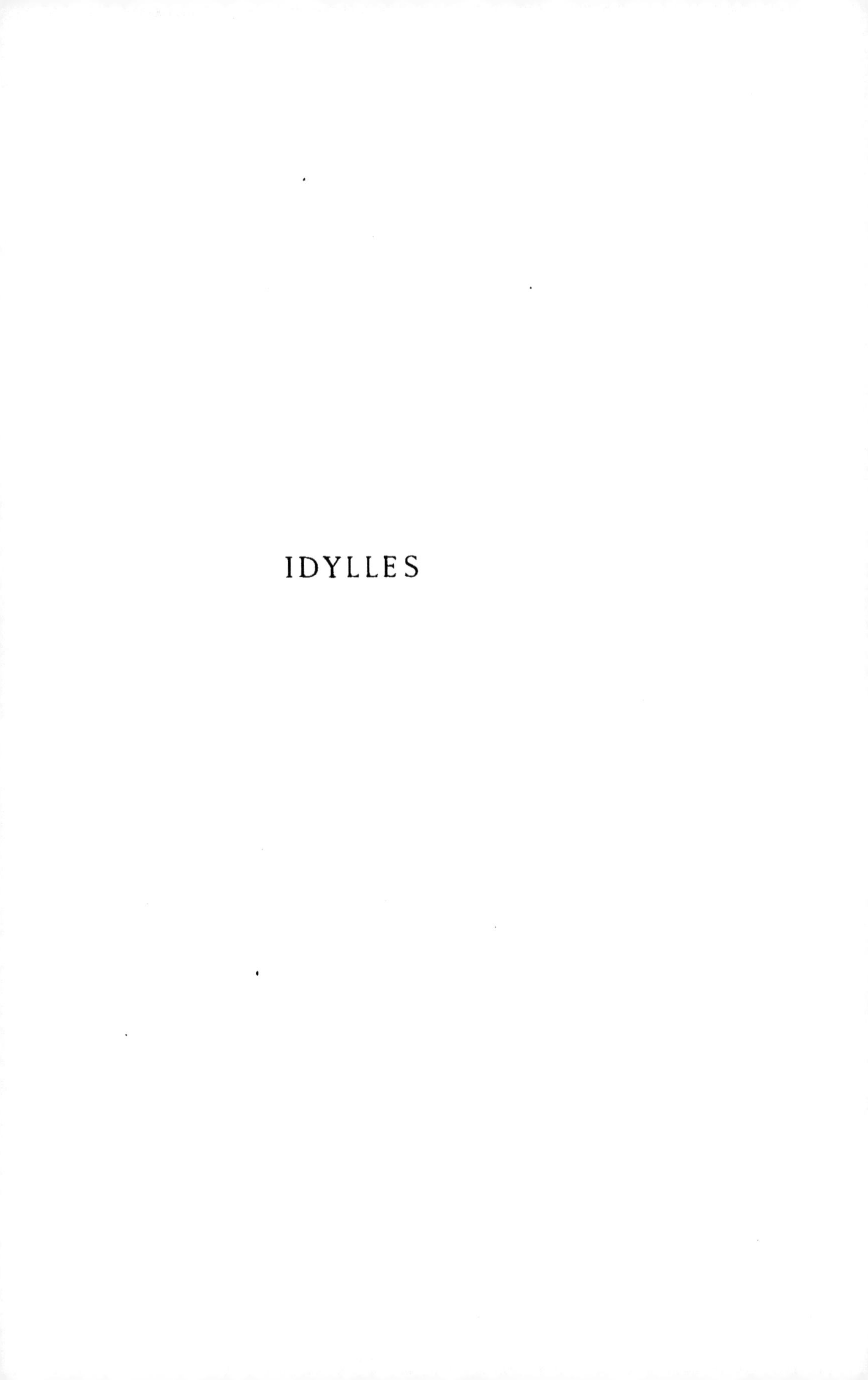

IDYLLES

IDYLLE

(EDYLLIA. — N° II)

ÉPICÉDION [1]

DE JULIUS AUSONIUS, PÈRE D'AUSONE

Ausone à son Lecteur, salut!

Après Dieu, c'est mon père que j'ai toujours adoré. Mon second culte, c'est à mon père qu'il était dû. Ainsi, cet hommage au Dieu Très-Haut sera suivi de l'épicédion de mon père. Ce mot, emprunté aux auteurs grecs et consacré par eux pour honorer les morts, n'est point un titre ambitieux, mais un terme de piété. Je le recommande à mon lecteur, qu'il soit fils ou père, ou l'un et l'autre. Je n'exige point qu'on loue cet ouvrage, mais je demande qu'on l'aime. Du reste, je ne fais point ici l'éloge de mon père, il n'en a pas besoin. Je ne dois pas écraser un mort de ces jouets qui amusent les vivants.

1. Mot grec signifiant « Éloge funèbre ». D'après Servius, l'épicède différait de l'épitaphe, en ce que l'épitaphe se prononçait après, et l'épicède avant la sépulture.

Je ne dis rien qui ne puisse être reconnu de ceux qui ont été les témoins d'une partie de sa vie. Avancer un mensonge aujourd'hui qu'il n'est plus, n'est pas un moindre crime à mes yeux que de taire la vérité. Ces vers ont été inscrits sous son portrait, ce qui ne m'empêche pas de les comprendre dans le recueil de mes œuvres. Tous mes autres écrits me déplaisent. Celui-là seul, j'aime à le relire. Adieu.

(Trad. par E.-F. Corpet).

ÉPICÉDION

Ausone était mon nom. Loin d'être des derniers
Dans l'art du médecin, j'étais un des premiers.
Je puis, en peu de mots, dire mes origines :
Pour patrie et séjour j'eus deux villes voisines,
Je naquis à Bazas et j'habitai Bordeaux;
Doublement sénateur, j'évitais les travaux
D'une double curie, et n'y donnais en somme
D'autre part que mon nom. Avant tout économe,
Et ni riche, ni pauvre, à l'abri du besoin,
A vivre simplement j'employais tout mon soin.
Dans mes repas, mes mœurs, comme dans ma tenue,
Pour moi tout changement était chose inconnue;
A guérir mon prochain quand j'étais invité,
Ma peine allait d'accord avec la charité;

A plaire aux gens de bien ayant désir extrême,
Seul, je n'étais jamais satisfait de moi-même;
Je dispensais toujours les services rendus,
Suivant le personnage et suivant ses vertus.
Parlant mal le latin, je préférais l'attique,
Pour donner à ma phrase un tour plus poétique;
Ennemi des procès, je n'ai jamais accru
Ni compromis mon bien, et nul n'a jamais cru
Qu'il devait son malheur à mon faux témoignage;
Je n'avais point d'envie et ne portais ombrage
A personne des miens; pour jurer ou mentir
J'avais la même horreur, et, sans m'en départir,
En mes amis j'avais la foi la plus sincère;
A toute ambition demeurant étrangère,
Ma raison repoussait les plans des factieux;
D'après mon jugement, le secret d'être heureux
N'est point de posséder tous les biens qu'on envie,
Mais au peu que l'on a de restreindre sa vie;
Je n'aimais pas à voir, importun ou bavard,
Ce qu'un voile discret cachait à mon regard;
Je ne fis point courir ces bruits diffamatoires
Qui des bons citoyens flétrissent les mémoires,
Quand je les crus fondés, je les gardai pour moi;
De bannir les soucis je me fis une loi;
Je bannis les excès, je bannis la colère
Et ces plaisirs grossiers qui tentent le vulgaire.
Ne pas faiblir n'est pas un mérite, et je dois
Avouer que j'aimai mieux les mœurs que les lois;
J'ai toujours évité la foule et le tapage;
De l'amitié des grands j'ai fui le témoignage,
Il est toujours menteur. A la colère enclin,
A ses emportements je mis sans peine un frein.

Je contractai bientôt un heureux mariage,
Que n'assombrit jamais le plus léger nuage,
Et de cette union de quarante-cinq ans,
— Neuf lustres environ — naquirent quatre enfants.
Le premier de mes fils mourut à la mamelle;
Le dernier s'éteignit d'une mort naturelle,
Presque un adolescent, en pleine puberté;
Au faîte des honneurs l'aîné seul est monté :
Préfet du Latium, des Gaules, de Libye,
On sent se refléter le calme de sa vie
Dans ses yeux, dans ses traits. A tout moment du jour
Il montre pour son père un ineffable amour;
J'eus le plaisir de voir, sans trop longtemps attendre,
Proconsuls tous les deux, et son fils et son gendre,
Et je fus assuré qu'il deviendrait un jour
Le chef de la famille et consul à son tour.
Ma fille eut le renom d'une mère modèle;
Comme excellente épouse on ne parlait que d'elle,
Comme veuve elle fut esclave du devoir,
Et, dans tous ses malheurs, eut le bonheur de voir
Gendre, fils, et mari de sa petite-fille,
Par l'éclat de leurs rangs illustrer sa famille.
Quant à moi, sans briguer cette insigne faveur,
Sans décliner non plus un aussi haut honneur,
Je fus nommé préfet de la grande Illyrie,
Et dès lors obligé de quitter ma patrie;
Mais, craignant, à la fin, que mes jours fortunés
Sans pitié par le sort ne fussent condamnés,
A la Divinité j'adressai la prière
De me sortir du monde et clore ma carrière :
Mon vœu fut exaucé : d'un tranquille sommeil
Je m'endormis bientôt, en donnant le conseil,

A mon dernier moment, d'imiter ma sagesse,
D'éviter les désirs, la soif de la richesse;
Puis, entourés d'amis en larmes, accourus
Auprès de mon chevet, sans souffrir, je mourus,
Après avoir dicté ma volonté dernière
A ceux que je laissais après moi sur la terre.
Le corps droit, sans bâton, à quatre-vingt-dix ans,
Je marchais et pensais comme dans mon printemps.
Toi qui liras ces vers, où j'ai dépeint ma vie,
Sûrement tu diras qu'elle te fait envie!

IDYLLE

(EDYLLIA. — N° III)

LA PETITE VILLA D'AUSONE

Après plusieurs années passées dans les honneurs, car il avait été consul, Ausone quitta la Cour et retourna dans sa patrie. En entrant dans la petite villa que son père lui avait laissée, il prit plaisir à écrire ces vers, qui ont été conservés sur une colonne de marbre bleu :

Salut, petit domaine où mes aïeux régnèrent,
Héritage sacré que leurs mains cultivèrent,
Où mon père mourut, trop tôt pour mon amour!
Sans doute, il m'a laissé cet agreste séjour,
Mais quand on s'aime bien, n'est-il pas, ce me semble,
Bien plus doux pour le cœur de posséder ensemble?
Maintenant les travaux, les soucis..... Autrefois
Les plaisirs! Des ennuis mon père avait le poids.
Certe il est bien petit mon petit héritage,
Mais qu'est-il de petit, dans l'ordinaire usage,
Quand on sait, entre soi, vivre toujours en paix
Et d'un commun accord ne s'écarter jamais?

Il vaut mieux, à mon sens, que l'esprit soit le maître,
Que la chose lui cède et sache se soumettre :
Crésus désire tout et Diogène rien;
Aux Syrtes Aristippe a jeté tout son bien;
Midas n'a pas assez de l'or de la Lydie!
Qui ne met pas de borne aux besoins de sa vie,
N'a rien et s'interdit toute prospérité,
S'il ne sait résister à sa cupidité.
Maintenant apprenez quelle est de mon domaine
L'étendue, et par là vous connaîtrez sans peine,
Si du moins c'est de moi l'aveu que vous voulez,
Ce que je vaux moi-même et ce que vous valez.
(Le Γνῶθι σεαυτὸν que nous lisons si vite,
Nous sert trop rarement de ligne de conduite) :
J'ai de terre en labour en tout deux cents arpens [1],
Cent arpens de vignoble, et de prés attenants
Cinquante tout au plus; en bois au moins le double
Du reste de l'enclos. Pour cultiver sans trouble,
Et faire dans mes champs les travaux journaliers,
Je n'ai jamais ni trop, ni trop peu d'ouvriers.
Non loin de la maison une excellente source,
Un étang peu profond, et, notable ressource,
Un fleuve, dont le cours, dans mes jours de loisir,
M'amène où me ramène au gré de mon désir.
Quant aux fruits de mes champs, je les emmagasine,
— Qui ne prévoit de loin s'expose à la famine. —
Aussi, pendant deux ans je les tiens à l'écart,
Et mets à les garder et mes soins et mon art.
Ni trop près, ni trop loin de la ville prochaine
Ma campagne est placée, en sorte que sans gêne

1. L'arpent, dont la contenance variait suivant les localités, était, comme l'ancien « journal » bordelais, de 33 à 43 ares, suivant les localités.

J'échappe aux importuns, et suis de mon bonheur
Le maître souverain. Si parfois mon humeur
Me fait, quand il me plait, changer de domicile,
Je pars et je jouis des champs et de la ville.

IDYLLE

(EDYLLIA. — N° XIV)

LES ROSES [1]

C'est le printemps, voici les roses,
Elles seront bientôt écloses;
Dans les champs et sur le coteau
On sent déjà du renouveau
Passer la douce et fraîche haleine
A travers bois, à travers plaine,
En nous annonçant le retour
Des premières lueurs du jour.
Sur les brins d'herbe, la rosée
Comme un cristal s'est déposée
Et meurt, dans son éclat vermeil,
Au premier rayon du soleil.

1. C'est à cette « Idylle » d'Ausone que Ronsard doit l'inspiration de sa charmante cantilène : « Mignonne, allons voir si la rose... »; nous avons d'autant moins hésité à lui emprunter certaines expressions et même certains vers, que nous avons eu, du reste, le soin d'indiquer par des guillemets, que notre traduction personnelle n'en aurait donné au lecteur qu'un bien pâle équivalent.

Est-ce à la rose que l'aurore
A pris le ton qui la colore,
Ou bien la fleur au jour naissant
Doit-elle son teint rougissant?
Même rosée et même grâce,
Quand Lucifer luit dans l'espace
Et que Vénus, reine des deux,
— Astre et rosier, — veillant sur eux,
Donne à la fleur, donne à l'étoile,
De pourpre et d'or le même voile.

A vous parer pour le printemps,
Roses, donnez quelques instants;
L'une de vous déjà verdoie
Sous son bouton qui se déploie;
L'autre, plus loin, laisse entrevoir
Un filet rouge vers le soir;
Celle-ci, tout enamourée,
Porte haut sa tête empourprée;
Une d'elles qui, ce matin,
Brillait encor d'un air mutin,
Laisse tomber la chevelure,
Qui formait sa riche parure,
Et pâlit, en l'apercevant
S'éparpiller au gré du vent.
Pourquoi donc, « marastre » nature,
« Puis qu'une telle fleur ne dure
» Que du matin jusques au soir,
» Laisser ses beautés ainsi cheoir?
» Donc, si vous me croyez, » ma belle,
« Tandis que votre âge » étincelle

« En sa plus verte nouveauté, »
Pour soustraire votre beauté
Aux atteintes de la vieillesse,
« Cueillez, cueillez votre jeunesse »...
Mais qu'y faire? D'autres viendront
Après les roses qui mourront...
Fleurs et fleurettes sont écloses,
C'est le printemps, voici les roses!

IDYLLE

(EDYLLIA. — N° VI)

CUPIDON MIS EN CROIX[1]

Ausone à son fils Gregorius, salut!

As-tu jamais vu la nuée peinte sur la muraille? Oui, tu l'as vue et tu t'en souviens, c'est à Trèves, dans la salle d'Éole; c'est là qu'une peinture représente

1. Cette Idylle a été traduite ou imitée plusieurs fois en vers français, d'abord par le vieux poète Hugues Sallel au XVIe siècle, ensuite par l'abbé de Maroles au XVIIe; par R.-Ch. Roy et par Fuzelin ou Vergier au XVIIIe, et enfin par Moreau de La Rochette en 1806. On en retrouve, comme un souvenir, dans l'épisode de Céphise et l'Amour qui termine le *Temple de Gnide* de Montesquieu.

Une épigramme, dont l'idée semble empruntée de même à cette idylle d'Ausone, bien qu'on l'attribue au jurisconsulte Herennius, qui vivait au IIIe siècle, a été publiée par Burmann dans son *Anthologie latine*, et réimprimée par Lemaire, au tome I, page 665, des *Poetae Lat. minores* de Wernsdorf. En voici la traduction :

« Amour reposait un jour, abattu l'enfant sous l'aile du sommeil, parmi » les branches de myrte, sur des herbes blanches de rosée. Autour de lui se » lèvent, sorties de la cour ténébreuse de Pluton, les âmes, dont son flambeau » cruel a fait le supplice. « Voici mon chasseur, dit Phèdre, enchaînons-le! » « Coupons-lui les cheveux, criait l'inhumaine Scylla. Progné, la veuve de » Colchide : « Perçons-le de mille coups! » Didon et Canacé : « Exterminons- » le par le glaive cruel! » Myrrha : « Avec mes branches! » Évadné : « Qu'il » brûle dans les flammes! » Aréthuse et Biblis : « Qu'il périsse dans les flots! » » Mais Amour qui s'éveille : « Envolons-nous, mes ailes! »

Cupidon mis en croix par des femmes amoureuses, non de celles de notre âge, qui pèchent sans regret, mais par des Héroïdes qui veulent se justifier, en punissant le dieu. Notre Virgile en a compté quelques-unes dans le champ des Pleurs. Le sujet et l'exécution de ce tableau me ravirent d'étonnement. De cette extase d'admiration, je passai à la sottise de versifier. Ici, rien ne me plaît, mais je te confie mes erreurs. Nous aimons nos taches et nos cicatrices, et non contents d'avoir péché seuls et par notre faute, nous cherchons encore à faire aimer nos faiblesses. Mais pourquoi défendre avec tant de chaleur cette églogue? Je suis sûr que tu aimeras tout ce que tu sauras venir de moi, et j'aspire plus à cela qu'à tes louanges. Adieu.

(Trad. par E.-F. C.).

CUPIDON MIS EN CROIX

Aux Champs élyséens par Virgile chantés,
Sous les myrtes sacrés, les belles Héroïdes
Jadis folles d'amour, portent de tous côtés
Du coup qui les frappa les souvenirs perfides.
Elles errent en chœur, dans un commun accord,
Par les sentiers obscurs de la forêt moussue,
En cueillant des pavots sur le sinistre bord
De ruisseaux sans murmure et de lacs sans issue.
Sous les noms adorés et d'enfants et d'aïeux,

Languissent, là, ces fleurs où la douleur domine :
Hyacinthe fils d'Æbale, Adonis aux beaux yeux,
Narcisse qui s'admire, Æas de Salamine,
Crocus aux cheveux d'or, Æas dont la douleur
Se trahit en son nom. Ces pensers lamentables
Des angoisses d'amour, des martyres du cœur,
S'exhalant de leur âme en pleurs inépuisables,
Ce regret du passé survivant à la mort,
Tout rappelle, en ces lieux, à la triste Héroïde,
Ces jours de volupté, dont le rapide essor
Après lui n'a laissé que le trouble et le vide.
De lambeaux enflammés, sans crainte du péril,
Sémélé lance en l'air la foudre imaginaire;
Cénis, dans la fierté de son sexe viril,
Gémit d'être rendue à sa forme première;
Procris chérit toujours son imprudent époux,
Ce Céphale adoré, dont le trait l'a frappée,
Et Sapho, défiant des Lesbiens le courroux,
A Leucade, du haut d'une roche escarpée
Se jette dans la mer en tenant un flambeau;
Épouse infortunée et malheureuse mère
Ériphyle sanglote, accoudée au tombeau
Où gisent à la fois et le fils et le père;
On y remarque aussi, se dessinant dans l'air,
La fable de la Crète, où le peuple accompagne
Jusqu'au trône Minos, le fils de Jupiter;
Pasiphaé suivant, à travers la campagne,
Les traces d'un taureau dont la vive blancheur
Le dispute en éclat à celle de la neige;
Ariane n'ayant pour guide et pour sauveur
Que, dans ses faibles mains, le fil qui la protège,
Phèdre se désolant, dans sa coupable ardeur,

D'encourir le dédain d'Hippolyte qu'elle aime,
Toutes deux se parant d'une vaine grandeur,
Portant l'une un lacet, l'autre un faux diadème;
Ariane pleurant d'avoir, dans ses détours,
Trop longtemps parcouru le sombre labyrinthe;
Laodamie enfin qui regrette toujours
De son époux défunt la conjugale étreinte.
Dans le fond du tableau, le regard furibond
Et le fer à la main, s'avancent en tumulte
Canacé, la Thisbé, l'Élissa de Sidon,
Elles vont à grands pas et profèrent l'insulte;
A son père, à son hôte, à l'époux emprunté,
Chacune d'elles fait briller l'éclair du glaive,
Tandis que, répandant sa divine clarté,
Le flambeau de Phœbé se rallume et s'élève,
Resplendissant au loin dans le ciel ténébreux.
Ainsi, sur les rochers de la haute Latmie
Elle aimait à couvrir d'un rayon amoureux
Du bel Endymion la figure endormie.
Cent autres, poursuivant un bonheur qui n'est plus,
Cherchent à raviver les voluptés passées,
Et s'épuisant, hélas! en efforts superflus,
Savourent leurs tourments et leurs tristes pensées!
Or, prenant dans les airs son essor triomphant
Perçant la nuit du bruit de ses deux blanches ailes,
Leur bourreau d'autrefois, l'impitoyable enfant,
L'Amour, le jeune Amour, s'abat au milieu d'elles.
En vain de son carquois, de son baudrier d'or,
De son flambeau, l'éclat se ternit et s'efface,
Sous le brouillard c'est lui que l'on revoit encor,
Lui, qu'elles puniront d'avoir, dans son audace,
Réveillé dans leur cœur ce cruel souvenir.

Dirigeant contre lui les élans de leur haine,
Dans leurs bras enlacés elles vont le tenir :
Il tremble, il veut s'enfuir : vains efforts! on l'entraîne...
Jadis, témoin maudit du châtiment des dieux,
Il est dans la forêt un myrte séculaire :
C'est là que Proserpine, en remontant aux cieux,
Avait sur Adonis assouvi sa colère;
C'est là que Cupidon, sans juges condamné,
Va mourir de leurs mains. Seul il est responsable
D'un crime qu'il n'a pas cependant ordonné.
Point de ménagements, lui seul est le coupable,
C'est lui que, sans tarder, elles veulent saisir
Et traîner au supplice; aussi, chacune d'elles,
De sa vengeance enfin savourant le plaisir,
Va lui faire, à son tour, des blessures mortelles
Avec les instruments de leur propre trépas :
L'une porte un lacet, l'autre une ombre d'épée,
Et se livrant ensemble à de bruyants débats
Et parlant à la fois d'une roche escarpée,
De rivières sans eau, d'un abîme sans fond,
Des épouvantements d'une mer démontée,
Certaines, entourant l'enfant qui se morfond,
Agitent sous ses yeux des flammes sans portée;
Myrrah jette sur lui la gomme de son flanc;
Simulant d'oublier la faute pardonnée,
D'autres, en souriant, le piquent jusqu'au sang,
— Où le sang est tombé soudain la rose est née. —
Loin d'être pour son fils d'un secours protecteur,
Sa mère, paraissant au milieu du tumulte,
Accuse Cupidon de tout son déshonneur,
Et, joignant sans pitié le geste avec l'insulte,
Lui reproche à la fois, sur un ton de mépris,

Érix, Hermaphrodite et l'obscène Priape,
Et ces filets maudits où Mars se trouva pris;
Puis, s'armant d'un bouquet, le poursuit et le frappe.
Et le sang jaillissant de ce corps délicat
Sous les coups redoublés de la rose flexible,
Ajoute à chaque fleur un plus vif incarnat.
Enfin pourtant Vénus se montrant plus sensible,
S'arrête : elle défend, d'un geste souverain,
Qu'on inflige à son fils de plus sanglants outrages :
Le crime de l'Amour, c'est l'arrêt du destin!

Parfois, durant la nuit, ces sinistres images
D'un pénible sommeil augmentent les terreurs;
Mais Cupidon, craignant quelque nouveau déboire,
Et dissipant enfin ces prestiges trompeurs,
Prend son vol et s'enfuit par la porte d'ivoire.

IDYLLE

(EDYLLIA. — N° X)

LA MOSELLE

Après avoir franchi, par un temps nébuleux,
La rapide Nava [1], j'arrivai sur les lieux
Où je pus admirer, couvertes de tourelles,
De l'antique Vincum [2] les murailles nouvelles
Où la Gaule a laissé, couchés dans les sillons,
Et de tous oubliés, ses meilleurs bataillons,
— Ainsi Rome perdait à Cannes son armée; —
De cet endroit, suivant, sous l'épaisse ramée
De sauvages forêts, un chemin encavé
Dans un sol que jamais l'homme n'a cultivé,
Je passai Dumnissus [3], à la terre altérée;
Tabernes [4] vint après, de sources entourée;
Puis ce sont les terrains aux Sarmates donnés
Pour féconder ces champs par nous abandonnés,

1. La Nahe.
2. Bingen.
3. Denssen (?).
4. Bern-Castel (?).

Et voyant s'approcher mon étape dernière,
Des Belges j'étais près de franchir la frontière,
Quand parut à mes yeux Noiogamus [1] enfin,
Noiogamus, le camp du divin Constantin!
Oh! comme l'air est pur dans ces belles campagnes!
Rayonnant au-dessus des lointaines montagnes,
Phébus, dans tout l'éclat de sa calme beauté,
Nous dévoile l'Olympe et sa sérénité.
L'œil n'a plus à percer ces voûtes de feuillages
Qui nous cachaient le ciel sous leurs épais ombrages
L'air est libre; le jour, de clarté ruisselant,
Dore de ses rayons l'espace étincelant.
Comme en un rêve alors je crois voir ma patrie!
Tout rappelle à mon cœur son image chérie :
Ces villas s'élevant au penchant des coteaux,
La Moselle à leurs pieds roulant ses belles eaux,
Ces pampres, ces jardins, cette riche culture,
Tout me dit : c'est Bordeaux, Bordeaux et sa parure!
Salut, fleuve béni des champs, des laboureurs,
Ces remparts imposants, séjour des empereurs;
C'est à toi qu'on les doit, fleuve aimé des collines
Que parfume Bacchus de ses odeurs divines;
Fleuve tout verdoyant, dont, à chaque saison,
La rive se revêt d'un tapis de gazon;
Navigable Océan, rivière transparente,
Qui coule en murmurant sur une douce pente,
Ton onde, dans son cours, imite des ruisseaux
Les sourds frémissements à travers les roseaux
Et prodigue aux mortels un abondant breuvage,
Préférable à celui des sources du rivage.

1. Neumagen.

Empruntant à la mer son flux et son reflux,
Tu réunis en toi tous les dons reconnus
Aux rivières, aux lacs, aux torrents, aux fontaines;
D'un cours paisible et lent les eaux que tu promènes
Glissent, sans redouter ni les écueils cachés,
Ni les vents en courroux, cet effroi des nochers;
Le long de ton chemin les sables ni les îles
Ne viennent entraver tes allures tranquilles,
Ni t'enlever l'honneur justement mérité
Du nom que t'a valu ta pure majesté.
Tu fournis aux bateaux une double manière
De suivre, sur ton sein, leur marche régulière,
Soit lorsque les rameurs de leur effort puissant
Les poussent, à l'envi, dans le sens du courant,
Soit quand le matelot, attelé sans relâche,
Traîne, d'un pas pesant, la corde qu'il s'attache.
Que de fois, à l'aspect de ces flots refoulés,
Tu crus qu'ils n'étaient pas aussi vite écoulés!
Ni l'herbe des marais ne pousse sur tes rives,
Ni le limon impur ne souille tes eaux vives,
Et l'on peut s'avancer, à pied sec, jusqu'au bas
Du talus où tu prends tes tranquilles ébats.
  Maintenant, incrustez aux lambris des portiques
Les pierres de Phrygie et les marbres antiques,
Dans mon dédain profond de ce luxe insensé,
Par les dissipateurs follement caressé,
La nature est pour moi la seule souveraine;
Ici c'est son empire : une solide arène
Recouvre le rivage, et l'empreinte des pas
Sur le sol résistant ne se conserve pas.
Si le regard parcourt ta surface polie,
A plonger jusqu'au fond ton charme le convie,

Car tu laisses tout voir, ô fleuve transparent.
Ainsi, quand nous jetons, grâce à l'air bienfaisant,
La vue, à ciel ouvert, au travers de l'espace,
Lorsque des vents d'autan sommeille la menace,
De même rien n'échappe à nos yeux pénétrants,
Et nous entrevoyons, sous leurs reflets changeants,
Ou le sable ridé par le flot qui l'azure,
Ou le gazon tremblant sur un fond de verdure;
Les herbes, les cailloux, au frôlement de l'eau,
De leurs vives couleurs irisent leur berceau.
Aux rivages lointains de la Calédonie
C'est la même merveille et la même harmonie :
Lorsque sous le reflux et l'azur de ses eaux
La mer fait scintiller et les rouges coraux,
Et la perle nacrée, honneur du coquillage,
On croit voir les bijoux dont nous faisons usage.
De la Moselle aussi le limpide courant
Offre à nos yeux ravis un mirage charmant,
Tandis que nos regards se fatiguent à suivre
Ces poissons tout heureux de jouer et de vivre :
Je voudrais les décrire, un dieu me le défend,
Le dieu qui de la mer tient en main le trident.
Mais apprends-moi du moins, jeune et belle immortelle,
O Naïade, qui vis aux bords de la Moselle,
Quels sont les noms de ceux, dont les essaims serrés
Passent en se jouant dans tes flots azurés :
Le Muge-Capiton [1], à la chair blanche et tendre,
Qui six heures au plus peut se laisser attendre;

1. C'est par erreur que les traducteurs d'Ausone ont traduit le mot *Capito* du texte latin par le *Meunier*, qui est un poisson très commun, connu également sous le nom des *Chevaine*, *Cabot*... etc..., auquel aucun auteur spécial n'a jamais donné en latin le nom de *Capito*.

La Truite [1], dont le dos de pourpre est constellé;
La Loche [2], aux reflets d'or, dont le corps effilé
N'a rien pour se défendre; enfin l'Ombre [3] légère,
Qui fuit entre deux eaux comme un trait de lumière;
Et toi, qui délaissant le parcours sinueux
Du Saravus [4] oblique aux flots torrentueux,
Quand d'un pont franchissant les six piles de pierre,
Tout bouillonnant encore, il poursuit sa carrière,
Barbeau [5], toi qui deviens, contraste saisissant
Avec tout ce qui vit, meilleur en vieillissant,
Et prends le libre essor conforme à ta nature
En nageant désormais dans une onde plus pure.
Je ne t'omettrai pas, ô Saumon [6] vénéré,
Dont la chair plaît aux yeux par son éclat pourpré;
Quand tu bats les bas-fonds de ta queue élargie,
A ton élan caché frémit l'onde endormie;
D'écailles à foison ton corps est cuirassé,
Des taches d'un beau noir couvrent ton front lissé;
Sans la corrompre, on peut à ta chair excellente
Imposer les délais d'une assez longue attente,
Puis, avant d'en venir aux mets accoutumés,
Offrir à l'appétit des convives charmés,
Sous ton gras abdomen, ton ventre qui se plie;
Et ce poisson qui croît et qui se multiplie
Dans l'Hister aux deux noms, favorable aux pêcheurs,
Lotte [7], qui t'a donné tes magiques couleurs?
Sur les flots argentés l'écume qui surnage
Dans le fond du courant dénonce ton passage;

1. *Salmo Fario, Salar* (L.).
2. *Redo* (*Cobitis barbatula*, L.).
3. *Salmo thymalus* (L.).
4. La Sarre.
5. *Cyprinus barbus* (L.).
6. *Salmo salar* (L.).
7. *Mustella* (*Gadus lota* de L.).

Gras et, jusqu'à mi-corps, de points noirs constellé,
De jaunâtre et de bleu ton dos est étoilé;
Telle te connaissaient l'Hister et l'Illyrie,
Et telle te connaît ta nouvelle patrie;
Pourrais-je t'oublier, Perche [1], qui vas de pair
Avec le Surmulet [2] et les poissons de mer?
En segments divisés par de minces arêtes,
Ta chair a droit d'entrée aux festins de nos fêtes;
Et toi, Brochet [3], et toi, la terreur du fretin,
Plaisamment désigné par un prénom latin,
Conduis où tu voudras ton allure perfide,
Remplis les cabarets de ton odeur fétide,
De toi je ne veux rien, et je te détruirai
Dans les étangs, partout où je te trouverai;
Et l'Alose [4], grillée aux foyers populaires,
Et la Tanche [5], régal des estomacs vulgaires,
Et l'Ablette [6], qui sert de jouet à l'enfant;
Ni Truite, ni Saumon, des deux participant,
De chacun tu retiens, ô Truite saumonée [7],
Et le goût délicat et la finesse innée,
Surtout lorsqu'à moitié de leur âge on te prend;
Sur les fonds de gravier on voit parfois errant
Un élégant poisson, long de huit doigts à peine,
Qui, comme le Barbeau, porte une double antenne :
C'est le petit Goujon [8], dont le corps arrondi
Se traîne lentement par ses œufs alourdi;
C'est à toi maintenant, ô monstrueux Silure [9],
A toi, nouveau Dauphin, dont l'imposante allure

1. *Perca* (*Perca fluviatilis* de L.).
2. *Mullis* (*Mullus surmuletus*, L.).
3. *Lucius* (*Esox lucius* de L.).
4. *Alausas* (*Clupea alosa* de [illegible]).
5. *Tincas* (*Cyprinus tinca* de L.).
6. *Alburnas* (*Cyprinus alburnus* L.).
7. *Fario* (*Salmo truita* de L.).
8. *Gabio* (*Cyprinus gobio* de L.).
9. *Magnus Silurus* (*Silurus glanis* de L.).

Émerveille à la fois les hommes et les lieux,
Que je veux consacrer un chant élogieux :
Lorsque l'on voit ton corps, d'une couleur huileuse,
Laisser entre deux eaux sa trace sinueuse,
On sent que du courant le peu de profondeur
L'empêche d'apparaître en toute sa longueur;
Mais lorsqu'en son parcours, libre de toute gêne,
Sa douce majesté gravement se promène,
Les agiles troupeaux des poissons azurés,
Les herbes des talus aux reflets diaprés,
Tout frémit à sa vue, et le flot en dérive
Se répand en courant sur l'une et l'autre rive;
Telle par la tempête ou de son propre élan
La Baleine, émergeant du fond de l'océan,
S'élance vers la plage avec tant de puissance
Que les monts d'alentour semblent en décroissance [1].
Mais ce sombre poisson, Baleine de nos eaux,
Le Silure craintif n'est pas de ces fléaux
Dont tu puisses jamais te montrer alarmée,
C'est un honneur pour toi, Moselle bien-aimée.
   C'est assez contempler ces poissons et ces eaux :
Que la vigne à nos yeux offre d'autres tableaux;
Que les dons de Bacchus épars sur les collines
Attirent nos regards sur les roches voisines
Dont les flancs exposés aux ardeurs du soleil
Forment dans leur contour un cirque sans pareil.
Ainsi sur le Gaurus, sur les rocs du Pangée,
Du Rhodope escarpé, la vigne aménagée

1. Quelque exagéré que puisse paraître ce dernier vers, il n'est que la traduction bien affaiblie du texte latin :

» ... *vicinique timent decrescere montes.* »
» ... et les montagnes voisines craignent de décroître. »

Étale de ses ceps les pampres verdoyants
Et couvre l'Ismarus de ses raisins brillants.
Ainsi le gai coteau, que ma vigne couronne,
Se mire dans les eaux de la blonde Garonne.
Liber, aux verts bandeaux, couvre de ses reflets
Les flancs de la colline et ses plus hauts sommets ;
Tout un peuple joyeux travaille à perdre haleine,
Tantôt sur les hauteurs et tantôt dans la plaine,
En poussant à l'envi de grossières clameurs.
Répondant à leurs chants par des refrains moqueurs,
Ici, le voyageur qui passe sur la rive,
Plus loin, le batelier s'en allant en dérive,
Hèlent les vignerons, et du bruit de leurs voix
Résonnent les rochers, les vallons et les bois.
Ce n'est pas seulement les mortels de passage
Qui se laissent charmer par ce beau paysage,
Parfois c'est le Satyre, invitant sur le bord
La Naïade, aux yeux bleus, à prendre son essor,
Quand effrayant ses sœurs dans le fleuve affolées,
Le Pan aux pieds de bouc bat les vagues troublées.
D'autres fois Panopé, chaste nymphe des eaux,
Se mêle à l'Oréade, amante des roseaux,
Pour des Faunes lascifs égarer la poursuite.
On dit même qu'à l'heure où le soleil hésite
A suivre son chemin, pour y former des chœurs,
Le Satyre se joint à ses charmantes sœurs,
Pendant que la chaleur qui sévit sur la terre
De leurs secrets ébats éloigne le vulgaire.
Alors, en folâtrant, les Nymphes de saisir
Le Satyre imprudent qui, tout à son désir,
Croyant voir sous les flots des formes séduisantes,
N'étreint, au lieu d'un corps, que des eaux ruisselantes.

Mais de ces jeux jamais nul ne fut le témoin,
Et si j'en ai parlé, j'ai du moins eu le soin
D'en dire peu de mots, afin que le mystère
Conservât en entier son divin caractère.
Mais voici des tableaux qu'on peut en liberté
Contempler à loisir dans toute leur beauté :
Quand le fleuve profond reflète les ombrages
Que la colline étend jusque sur les rivages,
On croit voir sur ses eaux le feuillage apparent
D'un vignoble qui croît au fond de son courant.
Le jour touche à sa fin : quelle couleur nouvelle
Hespérus, dieu du soir, jette sur la Moselle !
Les coteaux d'alentour ondulent dans ses eaux,
Le pampre absent frissonne, au milieu des roseaux,
La vendange se gonfle, et le marin qui passe
Entre les ais de bois de sa vieille pinasse,
Trompé par le mirage aux reflets chatoyants,
Compte, l'œil inquiet, les pampres verdoyants
Jusqu'à l'endroit qu'atteint la limite de l'ombre;
Et quand tout, sous les eaux, s'éteint dans la nuit sombre,
Quels doux tableaux encor viennent charmer les yeux,
Lorsque les bateliers, se livrant à leurs jeux,
Rasent dans leurs détours, de leurs rames puissantes,
Des prés déjà fauchés les herbes renaissantes!
En regardant bondir ces alertes rivaux
De la poupe à la proue, à ses propres travaux
On préfère leurs jeux; doucement on oublie
Que de Phœbus, le blond, la lumière affaiblie
Va bientôt disparaître, et le plaisir présent
Efface de l'esprit les soucis du moment.
Tels les jeux que Bacchus, près de Cumes, admire,
En foulant à plaisir, fleurons de son empire,

Les vignes du Vésuve au cratère fumeux
Et les riches coteaux du Gaurus sulfureux,
Quand Vénus Aphrodite, éprise de la gloire,
Dont Auguste entourait sa récente victoire,
Ordonnait aux Amours d'imiter, dans leurs jeux,
Sur les flots de la mer, les combats furieux,
Où devant Actium les trirèmes latines
Et les flottes du Nil luttaient en héroïnes.
Sous les murs de Leucade, au rivage sacré,
Au culte d'Apollon de tout temps consacré,
Tels sont aussi les jeux des barques eubéennes,
Sur l'Averne imitant les manœuvres romaines,
Quand elles se livraient au terrible duel,
Qui devint pour Pompée un désastre cruel :
— Dérisoire combat et victoire facile,
Dont les témoins étaient Pélore et la Sicile,
Et qui se reflétait dans le miroir des flots. —
Tel est aussi l'aspect de ces gais matelots
Qui poussent de l'avant, en déployant leur force,
Les rostres colorés de leurs barques d'écorce;
Et lorsque le soleil laisse tomber d'aplomb
Ses rayons sur leurs corps comme un manteau de plomb,
La mer, dans son azur, réfléchit l'apparence
De ces corps renversés, et, de sa ressemblance,
Le jeune batelier, abusé par l'erreur,
Suit dans tous ses détails le mirage trompeur.
Ainsi, quand la nourrice à sa petite fille
Présente d'un miroir la surface qui brille,
La fillette croit voir les traits pleins de douceur
Du visage charmant de sa charmante sœur;
De ses petites mains doucement elle touche
Le métal éclatant, et donne, sur la bouche

Du portrait qui sourit, des baisers ingénus,
Qui jamais du portrait ne lui sont revenus;
De ses doigts hésitants lissant sa chevelure,
Elle met une épingle aux nœuds de sa coiffure,
Et, coquette déjà, s'embellit à plaisir,
Pour charmer ce portrait, objet de son désir;
Telle à ces matelots sous la vague agitée
Apparaît dans la mer leur forme reflétée.
  Cependant, quand la rive est d'un facile accès,
D'innombrables pêcheurs, dans l'espoir du succès,
Poursuivent des poissons la troupe effarouchée
Que ne protège plus sa retraite cachée :
Celui-ci, de ses bras entraînant son filet,
Des poissons qu'il a pris remplit son batelet;
Celui-là de ses rets garnit les eaux paisibles,
Qu'il marque de signaux, à ses yeux seuls visibles;
Cet autre se plaçant sur le haut d'un rocher
Pour mieux voir le poisson, s'apprête à le pêcher,
Et jette l'hameçon de sa ligne perfide
Et ses appâts mortels, dans le courant rapide.
Le poisson qui passait se jette éperdument
Sur l'engin meurtrier, que le pêcheur lui tend;
Aussitôt il est pris : la ligne se balance,
Le fil tremble, et l'enfant sur le rocher le lance,
En levant son roseau qui fait siffler dans l'air,
Où l'écho le répète, un bruit rapide et clair,
Comme on entend parfois, quand un voiturier passe,
Les sons brisés d'un fouet qui claque dans l'espace;
Le blessé se débat en efforts superflus,
Ses lèvres en tremblant ne se referment plus;
Il traîne sur le sol, d'une allure alourdie,
Les derniers mouvements de sa queue engourdie;

— Ainsi de son soufflet, au double mouvement,
Le forgeron attire et repousse le vent. —
A des bonds convulsifs la victime se livre
Et meurt en rejetant l'air qui nous aide à vivre.
Dans le fleuve voisin j'ai vu, près de mourir,
Des poissons tout à coup sauter et rebondir,
Et l'enfant étourdi s'élancer avec joie
Pour tâcher, en nageant, de ressaisir sa proie.
Tel Glaucus d'Anthédon, ce pêcheur redouté
Des mers de Béotie, après avoir goûté
Des plantes de Circé l'empoisonné breuvage,
Cueillit, à pleines mains, sur les bords du rivage,
Les herbes et les joncs, que ses poissons mourants
Dévoraient sous ses yeux dans leurs derniers moments,
Et se jeta, saisi d'un accès de folie,
Dans l'eau du Carpathos, sa nouvelle patrie;
Et l'on vit ce pêcheur, qui, de ses hameçons,
De Nérée exploitait les humides moissons,
Celui qui ne songeait qu'à piller et détruire
De la belle Thétys le poissonneux empire,
Celui dont, chaque jour, le filet destructeur
Partout, autour de lui, répandait la terreur,
Partager, dans les flots, les ébats des victimes
Dont il faisait jadis ses dépouilles opimes.
   Autour de ces tableaux, des villas, des châteaux
S'étagent au soleil sur les flancs des coteaux,
Tout le long du rivage, autour duquel ruisselle
Le courant sinueux de la douce Moselle.
   Qui pourrait admirer le détroit d'Abydos,
Les eaux de l'Hellespont et la mer de Sestos?
Qui pourrait s'étonner de cette fantaisie,
Qu'eut le grand roi d'unir l'Europe avec l'Asie,

En faisant établir, à grands frais sur les eaux
Du Bosphore, un pont fait d'immobiles bateaux
Allant de Chalcédoine à la rive opposée?
Tu ne vois pas ici ta personne exposée
Aux coups de la tempête et des vents d'alentour:
Entre les deux côtés s'échangent tour à tour
Des appels, des saluts; sous la double influence,
D'un climat généreux s'efface la distance
Des voix, presque des mains, et l'écho, tout d'abord,
Redit les mots partis de l'un et l'autre bord.
Et qui n'admirerait ces chefs-d'œuvre sans nombre,
Qui n'en serait jaloux et laisserait dans l'ombre
De ces riches villas l'élégante beauté?
Ni l'habile Philon, ni l'artiste vanté
Dédale, qui créa, de sa main souveraine,
Le temple vénéré de Cumes l'eubéenne,
Qui, prenant dans les airs son périlleux essor,
Essaya de graver sur une plaque d'or
L'aventure d'Icare et sa chute mortelle,
Et ne put surmonter sa douleur paternelle;
Ni ce savant illustre, en tous lieux renommé,
Même de l'ennemi ce génie estimé,
Qui contre l'assiégeant défendit Syracuse;
Peut-être, si du moins ici je ne m'abuse,
Ces travaux ont-ils eu pour auteurs avérés
Ces artistes fameux par Marcus célébrés,
Dans le volume dix des vieilles Hebdomades.
Ici s'est révélé, dans ces riches façades,
L'architecte d'Éphèse et son art triomphant;
Plus loin c'est d'Ictinus le magique talent,
Qui, dans la citadelle à Pallas consacrée,
D'une chouette avait mis l'image sacrée,

Qui tuait les oiseaux rien qu'en les regardant;
Enfin Timocharés, l'architecte éminent,
Qui, non loin du palais construit pour Ptolémée,
Fit une pyramide aux quatre coins fermée,
De façon à cacher son ombre à tous les yeux;
Puis sur l'ordre du Roi, deux fois incestueux,
Au temple de Paros suspendit l'effigie
D'Arsinoé, sa sœur, que, par pure magie,
Au contact d'un aimant, un mince fil de fer,
Menu comme un cheveu, faisait voler dans l'air.
C'est d'eux, de leurs pareils, que vint à la Belgique
De ses belles villas le dessin magnifique :
L'une sur un rocher se dresse fièrement;
Celle-ci du coteau tient le point culminant;
Celle-là, s'éloignant du fleuve qu'elle attire,
Semble se dérober aux lois de son empire;
Cette autre, contemplant du sommet de ses tours
Les plaines et les bois de tous les alentours,
Apparaît aux regards comme la souveraine
Des immenses terrains de ce vaste domaine,
Et tandis qu'à ses pieds s'étendent les prés verts,
Comme à Memphis ses tours s'élancent dans les airs;
L'une dans ses dessous emprisonne et capture
Des troupes de poissons poussés à l'aventure;
Celle-là, reposant sur un pic escarpé,
Voit toujours d'un brouillard le fleuve enveloppé.
Dois-je citer encor, s'élevant par centaines,
Ces portiques de marbre, ornements de ces plaines?
Que dire de ces bains sur la grève fumant
Du matin jusqu'au soir, quand Vulcain allumant
Ses brasiers souterrains, la vapeur renfermée
S'échappe et se répand en épaisse fumée?

Que j'ai vu de baigneurs, épuisés de sueur,
En sortant de ces bains retrouver leur vigueur,
Et relever d'un coup leurs forces languissantes,
En nageant au milieu des eaux rafraîchissantes!
Qu'un jour un étranger arrive dans ces lieux,
Pour y passer en paix quelques moments heureux,
Il y découvrira, sans tracas et sans peine,
L'abrégé des attraits de Baïes l'eubéenne,
Et leur charme est si grand, qu'il peut, en liberté,
Jouir, à peu de frais, de toute leur beauté.
  Mais comment, ô Moselle, achever de décrire
Ton courant azuré, sans chanter et sans dire
Ces rivières sans fin et ces cours d'eau nombreux,
Qui viennent t'apporter leur concours généreux?
Ils pourraient prolonger leur course vagabonde,
Mais ils veulent mêler leur onde avec ton onde:
C'est ainsi qu'en dehors du faible Lesura [1],
Du triste Salmona [2], nous voyons la Sura [3],
Après avoir reçu le long de son passage
La verte Némésa [4], la Proméa [5] sauvage,
Se jeter dans ton sein, heureuse sous ton nom,
De partager en tout ta gloire et ton renom.
Moselle, c'est à toi que le Gelbis [6] rapide,
A toi que l'Erubrus [7], à l'eau pure et limpide, —
Le Gelbis qui nourrit des poissons si vantés,
L'Erubrus, dont partout les marbres sont cités, —
Sans craindre dans leur cours d'inutiles entraves,
Apportent le tribut de leurs ondes esclaves.

1. La Lieser.
2. La Salm.
3. La Saur ou Sour.
4. La Nymss.
5. La Prüm.
6. La Kyll.
7. La Rouwer.

Au rapide Erubrus qui met en mouvement
La meule sous son poids écrasant le froment,
La scie aux dents d'acier dans les marbres grinçante,
Un double écho répond d'une voix gémissante.
Je laisse de côté le chétif Drahonus [1],
Pour décrire et chanter le large Saravus [2] :
De navires couvert, dans un profond silence,
Il modère son cours et lentement s'avance
Pour venir saluer, au pied des vieux remparts
De l'auguste cité, le palais des Césars.
Aussi forte que lui, d'aussi tranquille allure,
L'heureuse Alisontia [3] longe, en un doux murmure,
Des rivages chargés d'une riche moisson.
Bien d'autres de leurs eaux t'apportent la rançon,
Se montrant avec toi tout fiers de se confondre.
Ah! Moselle divine, à toi de me répondre :
Crois-tu que si Mantoue, accédant à mes vœux,
Te cédait, pour un temps, son poète fameux,
Le maigre Simoïs de la plage troyenne
Pourrait mettre de pair sa gloire avec la tienne ?
O Rome! dont le monde est soumis à la loi,
Laisse à d'autres l'Envie, et chasse loin de toi
La Némésis, sans nom dans la langue latine :
C'est ici, dans ces lieux où ta force domine,
Que l'auguste Empereur a placé de sa main
Le siège vénéré de l'Empire romain.
  En grands hommes, en fruits, salut mère féconde ;
Moselle, sur tes bords tout croît et tout abonde :
Une jeunesse ardente, exercée au combat,
Une illustre noblesse, augmentent ton éclat;

1. La Drohn.
2. La Sarre.
3. L'Alsetz ou l'Eltz ?

La nature a donné, sous un aspect sévère,
A tes enfants le fond d'un heureux caractère,
Et, de cette faveur témoignage certain,
Un langage rival du langage latin.
Rome seule aujourd'hui n'a plus le droit auguste
De citer ses Catons; Aristide le Juste
N'est plus seul à porter ce titre respecté :
Bien d'autres, après eux, l'ont ici mérité.
Mais où vais-je, emporté par mes rênes flottantes?
Muse, suspends ton vol; sur les cordes vibrantes
De ma lyre au repos, laisse mes derniers vers
Prendre un dernier ébat sur des sujets divers;
Mais quand viendra le jour où, libre en ma retraite,
Je pourrai ressaisir ma lyre de poète,
Alors je chanterai le vaillant laboureur,
Le savant magistrat, le puissant orateur;
Je mettrai volontiers dans la même série
Les héros de Belgique et ceux de ma patrie;
Je chanterai ces chefs, dont le ferme pouvoir
Aux soins de leur curie attache leur devoir.
Les Muses, à ma voix, tissant des vers faciles,
Douces à mes désirs, à mes pensers dociles,
Verront bientôt la pourpre embellir leurs fuseaux,
Et, charmant mes loisirs de poèmes nouveaux,
Des hommes devenus sénateurs de leurs villes,
Je dirai le renom et les vertus civiles;
Je dirai tour à tour les doctes professeurs,
Du vieux Quintilien éminents successeurs;
Ceux qui, de leur cité gouverneurs débonnaires,
N'ont pas souillé de sang leurs faisceaux consulaires;
Ceux qui de l'Italie ont régi les cantons,
Et, préfets en second, le pays des Bretons;

A Rome enfin, celui dont la toute-puissance
Rangea peuple et Sénat sous son obéissance,
Jusqu'au jour où, déchu des suprêmes honneurs,
Il les rendit intacts aux fils des Empereurs [1].
Mais, avant de finir, revenons en arrière;
Célébrons à nouveau cette belle rivière,
Dont le riant parcours, en frôlant les gazons,
Fertilise à souhait les champs et les vallons;
Donnons donc à notre œuvre une fin digne d'elle,
Et dans les eaux du Rhin consacrons la Moselle.
O Rhin, à cette nymphe au front limpide et pur,
Entr'ouvre les replis de ta robe d'azur.
Ce n'est pas seulement de ses eaux fraternelles
Qu'elle veut t'enrichir, de victoires nouvelles
Elle a vu célébrer par l'auguste cité
Par le père et le fils le succès remporté
Aux sources de l'Hister, aux ondes cristallines,
Que jamais n'ont cité les annales latines,
Devant Lupodunum [2], sur les bords du Neckar.
Honneur à ces lauriers, d'autres viendront plus tard.
Quant à vous, réunis par cette double entente,
Refoulez de vos eaux la mer étincelante.
Par ce riche concours tu crains d'être affaibli,
O Rhin! rassure-toi, tu n'en es qu'embelli;
Seul maître de ton nom, ta gloire est assurée;
Accueille cette sœur, digne d'être adorée,
Qui t'apporte, à la fois, ses nymphes et ses eaux,
Et vient pour partager le lit de tes roseaux;

1. Le sens précis de ces quatre derniers vers est tellement obscur dans le texte latin et a été interprété d'une façon si différente par les commentateurs, qu'il nous a paru inutile et sans intérêt d'en développer davantage la traduction littérale.

2. Landenburg.

Ouvre, sans rien changer de tes libres allures,
A vos courants communs diverses embouchures;
En vous donnant ainsi des moyens suffisants
Pour vaincre les Germains, les Chamaves, les Francs,
Vous atteindrez le but où votre gloire aspire :
Vous serez à vous deux le rempart de l'Empire;
Et, te parant alors de ce nouveau fleuron,
Tu deviendras pour tous le Rhin au double front.
Tels sont les chants que moi, Vivisque d'origine,
Humblement, j'essayai sur ma lyre latine,
En l'honneur du pays où j'ai si bien goûté
Les charmes enivrants de l'hospitalité,
Moi, dont le nom d'Ausone est fils de l'Italie,
Moi, dont, par la naissance, et foyer et patrie
Se trouvent loin d'ici, tout proche des confins
De la Gaule de l'Ouest, au pied des monts lointains,
Dans ces lieux où partout la riante Aquitaine
Donne aux plus rudes cœurs une douceur sereine.
Indigne que je suis d'un éloge pompeux,
Je n'attends plus de vous qu'un pardon généreux
Pour avoir dit si mal, en si mauvais langage,
A ce fleuve sacré mon sympathique hommage.
Quand Auguste et son fils, objets de mon amour,
M'auront, dans leur faveur, ordonné le retour
Au nid de ma vieillesse, à Bordeaux, ma patrie;
Quand ils m'auront paré des faisceaux d'Italie
Et du curule honneur, de mon fleuve du Nord
Je reprendrai l'éloge en un nouvel essor.
Qu'on épuise pour toi les sources d'Aonie
Je n'en ai nul besoin, ô Moselle bénie;
Dès le terme arrivé de mon préceptorat,
Si ma verve conserve encore quelque éclat,

Je dirai, dans ses eaux la ville qui se mire,
L'antique forteresse au bord de leur empire,
Les arsenaux, construits pour les jours de danger,
Devenus des abris où l'on vient engranger;
Les heureux laboureurs cultivant ses deux rives;
Le long de son parcours, ses ondes claires, vives,
Se mêlant aux travaux des hommes et des bœufs,
Leur offrant les trésors de leurs flots poissonneux,
Et d'un cours sinueux qu'un doux bruit accompagne
Sillonnant, à plaisir, la fertile campagne.
Nul fleuve ne saurait lui disputer le pas :
Qui voudrait comparer à ses nobles ébats
Et la Loire ensablée, et l'Aisne au cours magique,
La Marne séparant la Gaule et la Belgique?
Qui lui préférerait le Tarn aux sables d'or,
Et cet Adour fougueux, qui, dans un fol essor,
A travers les rochers du pays des Tarbelles,
Précipite ses eaux à tout travail rebelles,
Ou d'un sommet glacé la Dordogne tombant,
Ou la Charente enfin, qui s'écoule en dormant?
  O ma belle Moselle, aux cornes symboliques,
On doit te célébrer aux plages italiques,
Te célébrer partout, et non pas seulement
Aux endroits où, du sol, jaillie en écumant
Tu vas à travers champs, calme en un doux murmure,
Jusque chez les Germains chercher ton embouchure,
Montrer l'éclat doré de ton front de taureau
Et répandre en courant les bienfaits de ton eau.
  Ah! s'il passe jamais quelque souffle de gloire,
Aujourd'hui sur mes chants, demain sur ma mémoire,
Redit par les échos et chanté par mes vers,
Ton nom rayonnera chez cent peuples divers;

Le Rhin majestueux, la Drôme, la Durance
Transmettront autour d'eux ta douce souvenance,
Et, tenant à me joindre à ce suprême honneur
Que l'on t'aura rendu, je mettrai mon bonheur
A placer de ma main, autour de ta couronne,
L'hommage fraternel de ma blonde Garonne.

IDYLLE

(EDYLLIA. — N° IV)

AUSONE A SON FILS HESPÉRIUS

Je t'ai envoyé d'avance les vers que je m'étais amusé à composer, en forme d'exhortation pour mon petit-fils, pour l'enfant de ta sœur; tu les liras avant mon arrivée. J'ai mieux aimé que te les réciter moi-même, tu auras plus de liberté pour les critiquer, car deux causes l'enchaînent d'ordinaire : d'abord, ce qui frappe notre oreille échappe plus vite à notre esprit qu'une lecture, et puis, la présence de l'auteur impose à la franchise du juge. Ici, pour toi, nulle gêne de part et d'autre; tu liras toi-même à ton aise, à loisir, et tu pourras juger, sans te contraindre par égard pour moi. Mais ce n'est pas tout, fils bien-aimé, j'ai un mot encore à te dire. Quelques-uns de ces vers (je crains qu'il y en ait beaucoup) te paraîtront avec plus d'apprêt que de naturel, avoir plus de coloris que de sève; je le sais, mais je les ai laissés couler sans peine, afin qu'ils aient de la grâce, plutôt que de la force, comme ces jeunes filles,

« Dont les mères ont soin d'écraser les épaules
» Et d'étrangler la poitrine pour les rendre mignonnes...

tu sais le reste. Mais, maintenant, tu vas me dire : « Pourquoi attendre mon sentiment sur un ouvrage dont tu signales toi-même les défauts? » Je te répondrai que je rougirais de ces vers devant un étranger, mais, entre nous, j'ai moins de scrupules, car je les ai écrits pour l'âge de mon petit-fils, plutôt que pour le mien, peut-être bien aussi pour le mien, puisque « la vieillesse est une seconde enfance ». Au surplus, je me moque de ta sévérité, je ne dois compte de ces vers qu'à un enfant. Adieu, fils bien-aimé. (Trad. de E. F. C.)

EXHORTATION

A MON PETIT-FILS AUSONIUS

SUR LES ÉTUDES DE L'ENFANCE

Les Muses ont aussi d'utiles passe-temps,
Doux et cher petit-fils; il faut quelques instants
De calme et de repos pour avoir bon courage
Et reprendre aisément le cours de son ouvrage;
De même à vos travaux il faut que des loisirs
Succèdent, que des jeux se mêlent aux plaisirs;
C'est assez pour l'enfant, s'il a bonne mémoire,
D'avoir lu de bon cœur; il peut s'en faire gloire

Et puis se reposer. « École » est un mot grec [1]
Qui veut dire « loisir » ; rien n'est donc plus correct
Que de se conformer à l'étymologie,
Quand on veut aux enfants donner de l'énergie,
En leur montrant les jeux couronnant leurs travaux,
En passant de l'étude à des plaisirs nouveaux.
O mon cher petit-fils, apprends donc sans contrainte,
Et quand le maître est là, regarde-le sans crainte;
Il n'a rien, il est vrai, qui puisse plaire aux yeux,
Sa voix est menaçante, il est maussade et vieux,
Mais l'élève, à son tour, cédant à l'habitude,
Finira par trouver son visage moins rude.
Que voit-on chaque jour? Un enfant aimera
Sa nourrice ridée, et pour elle fuira
Sa mère qui l'embrasse; aux baisers de son père
Souvent le petit-fils se dérobe et préfère
Se jeter, en riant, entre les bras tremblants
Où l'aïeul et l'aïeule enlacent leurs enfants.
Le centaure Chiron n'effrayait pas Achille,
Dès qu'Atlas lui parlait, Hercule était docile;
Mais Atlas et Chiron, par leurs douces façons,
Donnaient à tous les deux le goût de leurs leçons.
Toi non plus ne crains rien, ni le fouet qui résonne
Et remplit de terreur tout ce qui t'environne,
Ni l'air rébarbatif de ton vieux précepteur
Qui domine nos fronts de toute sa hauteur
Et semble s'ériger, sans peur du ridicule,
Dans son petit royaume, en roi de la férule.
Qu'il tienne à ses côtés des verges à foison,
Dont parfois il se sert sans la moindre raison,

1. Σχολή, loisir.

Qu'il affecte de mettre une molle lanière
Pour donner à son fouet un aspect moins sévère,
Ne laisse, un seul moment, paraître ton effroi;
Pas un cri, pas un mot, reste maître de toi,
Car la peur est toujours l'indice inséparable
D'un cœur dégénéré, d'une âme méprisable.
Ne prends donc nul souci de ce vain appareil;
C'est ainsi qu'en suivant autrefois ce conseil,
Mes parents bien-aimés, dès ma prime jeunesse,
Assuraient le bonheur de ma calme vieillesse.
Aussi, s'il doit encor me rester quelques jours,
Si tu veux, cher enfant, en embellir le cours,
Toi qui pris au berceau le nom de ton grand-père,
Trop jeune pour agir, fais au moins que j'espère.
Que me faut-il donc? Voir ton enfance aujourd'hui,
Voir ton front où bientôt la jeunesse aura lui,
Enfin voir l'homme en toi; si le sort ne m'enlève,
Je désire te voir, jeune et brillant élève,
T'avancer sur les pas de ton père et du mien,
Des Muses, comme nous, devenir le soutien;
Puis entrer dans la voie ouverte à l'éloquence
Où t'auront précédé, dans leur noble ascendance,
Ton père proconsul et ton oncle préfet.
Parmi les grands auteurs ton choix doit être fait :
Lis d'abord l'Iliade, et puis, sans plus attendre,
Repose ton esprit avec le doux Ménandre.
Quand tu liras leurs vers, que l'accent de ta voix
En fasse ressortir les poétiques lois.
Marques-en bien le sens : les plus faibles pensées
Prennent de la vigueur, quand elles sont lancées
De manière à tenir l'auditeur en suspens.
Quand pourrai-je, ô mon fils, goûter à tes dépens,

Le charme de ta voix rendant à ma mémoire
Les souvenirs perdus des faits de notre histoire,
Ces récits, ces héros, et ces chants familiers,
Ces amis d'autrefois, maintenant oubliés!
En t'écoutant parler, je retrouve la trace
Des vers harmonieux que modulait Horace,
De Virgile j'entends les sublimes accents,
De Térence je vois les tableaux saisissants,
L'ornement et l'honneur de la scène latine,
Et passer sous mes yeux la cité Palatine,
Lépide, Catulus, leurs différends fameux,
Et de Catilina le complot ténébreux;
Puis la guerre, civile aussi bien qu'étrangère,
Que fit Sertorius, soutenu par l'Ibère.
Et ces sages conseils, ce n'est point au hasard
Que, dans ton intérêt, j'aime à t'en faire part;
Ce sont les résultats de mon expérience
Et des soins qu'en tout temps j'ai donnés à l'enfance.
Que d'élèves ainsi m'ont passé par les mains
Et de mes volontés ont suivi les chemins;
Que d'enfants n'ai-je pas, sans craindre leurs caprices,
Détachés doucement des bras de leurs nourrices,
Pour leur donner plus tard des encouragements,
Éveiller dans leurs cœurs de légers sentiments
De crainte, et leur montrer qu'on doit être sévère
Pour tirer de doux fruits d'une racine amère!
Et puis, quand la jeunesse, en cours de puberté,
Recouvrait leur menton d'un duvet velouté,
Alors je leur faisais comprendre l'importance
Des arts, de la morale unie à l'éloquence,
Bien que parfois leur front osât se refuser
A supporter le joug que j'allais imposer.

Le calme et la vigueur, ce rude apprentissage,
Qui ne mène au succès qu'après un long usage,
Me firent éprouver plus d'un ennui secret
Jusqu'au jour où je sus y trouver de l'attrait,
Où l'habitude vint mettre un terme à ma peine,
Jusqu'au jour où je fus, par faveur souveraine,
Proclamé du César le premier précepteur.
Comblé de dignités, j'eus cet insigne honneur
Dans les palais dorés de commander en maître.
Que Némésis m'excuse et daigne le permettre,
Je soumettais l'Empire à ma seule vertu,
Alors que mon élève, encore revêtu
De la robe prétexte et monté sur le trône,
Suivait, sur tous les points, l'impulsion d'Ausone.
Quand Auguste voulut que son contentement
Se traduisît pour moi par un avancement,
Je fus nommé questeur par le fils et le père,
Et j'obtins, en retour de ma longue carrière,
La charge de consul, et fus, de fait, inscrit
Au rang de sénateur et de Père Conscrit.
Comme tel je reçus la pourpre, la trabée
Et la chaise curule. Aux fastes de l'année
Mon nom fut le premier : je devins le flambeau,
Qui jeta sur ton nom un lustre tout nouveau
Et le fit resplendir d'une éclatante gloire.
Qu'elle ne soit jamais, par ta faute, illusoire,
Et si tu veux un jour conquérir le pouvoir
Et devenir consul, à toi de le devoir!

LETTRES

LETTRES

(EPISTOLÆ. — N° V)

AUSONE A THÉON

Salut, mon cher Théon, c'est à toi que je veux
Exprimer, en des vers, mes regrets et mes vœux :

La lune par trois fois a changé de monture,
Depuis qu'à mon foyer n'a paru ta figure;
Les quatre-vingt-dix jours écoulés sans te voir,
— Jours d'été, doubles jours — m'enlèvent tout espoir
De te voir arriver. Pendant ce quart d'année
Tu ne m'as rien donné, pas même une journée.
Que ce soit neuf par dix, ou dix par neuf, toujours,
Si je sais bien compter, c'est quatre-vingt-dix jours,
Soit entre nous, Théon, près de deux milliers d'heures
Que, sans songer à mal, loin de moi tu demeures;
Et pourtant, cher ami, tu sais, de bonne foi,
Si je puis me passer un seul moment de toi.
Pour ce nombre de jours j'aurais pu me permettre,
Aux termes de nos lois, avant de comparaître,

D'aller à Rome à pied, d'en être revenu,
Comme si quelque arrêt était intervenu.
Sous son toit de roseaux, en quoi pour son poète
Domnotonus[1] a-t-il un charme qui l'arrête?
Pauillac même à mes yeux a perdu tout attrait.
Aux termes d'un billet que tu fis à regret,
De toi, mon cher ami, je suis en droit d'attendre
Quatorze pièces d'or; tu ne peux me les rendre,
Et voilà que par peur tu n'oses te montrer!
Est-ce là le motif qui te fait hésiter?
Sache bien, cher Théon, qu'en ce cas je préfère
Me taire; vois du moins ce qu'il nous reste à faire.
Ou bien, en t'acquittant, comme c'est ton devoir,
Tu tombes dans mes bras, comme c'est mon espoir,
Ou bien, je t'enverrai quatorze autres Dariques[2]
D'un même poids légal et des mêmes fabriques,
M'aidant à retrouver un ami malheureux,
Ami toujours bien cher, quoique toujours bien gueux.
Bien vite embarque-toi: pour tromper mon attente
Largue gaîment les plis de ta voile flottante;
Sous un épais rideau mollement abrité,
Laisse aller au courant ta noble obésité.
Une seule marée est assez pour ta course;
Si le vent te manquait, pour suprême ressource
Ne perds pas un instant: conduit par des rameurs
Dans le port de Condat, propice aux voyageurs,
Tu trouveras pour toi des chariots et des mules
Comme on n'en vit jamais au pays des Médules[3],

1. Donnissan (?), d'après l'abbé Jaubert.
2. Monnaie d'or et d'argent créée par Darius, qui avait pour empreinte un archer décochant une flèche, et valait 25 francs de notre monnaie.
3. Le Médoc.

Qui bientôt à Luca-gnac [1] t'emportent d'un trait
A travers la campagne et sans le moindre arrêt.

De te revoir enfin je me fais une fête;
Arrive sans retard, ô bien-aimé poète,
Et de Lucilius apprends, à ce propos,
L'art de faire des vers en partageant les mots [2].

1. Lucagnacus était une villa à Saint-Georges de Montagne, qui provenait à Ausone de Lucanus, son beau-père.

2. Ce singulier procédé de versification, que l'on désigne sous le nom de « tmèses », n'est pas particulier à Lucilius; il est fréquemment employé par Lucrèce, et même quelquefois par Virgile. Ausone y a eu recours dans un des derniers vers de cette lettre à Théon : « *Villa* LUCANI — *mox patieris* — ACO ». On nous excusera, sans doute, d'avoir cherché, dans notre traduction, à en donner l'idée.

LETTRES

(EPISTOLÆ. — N° IX)

AUSONE AU RHÉTEUR AXIUS PAULUS

Les huîtres que l'on sert à la table des grands,
Aux festins du prodigue, aux repas des gourmands,
Au milieu des récifs élisant leur empire,
Celles que laisse à nu le flot qui se retire,
Celles qui, se cachant sous un épais limon,
Y vivent sur un lit de moelleux goémon,
Tu veux, mon vieil ami, que je te les décrive,
Que je fouille pour toi le fond de chaque rive;
Et pourtant ce n'est pas avec un tel sujet
Que de plaire à ton cœur j'aurais eu le projet :
Je l'eusse regardé de mes goûts comme indigne.
Mais tu le veux ainsi, pour toi je m'y résigne,
Car tu le sais, Paulus, je ne suis pas de ceux
Qu'auraient jamais séduits ces soupers somptueux
Que Pénelope offrait à ses amants perfides,
Ni ces mets recherchés, ni ces fêtes splendides
Qu'Alcinoüs donnait aux jeunes courtisans
Qui le couvraient sans cesse et de fleurs et d'encens;

Je vais donc en parler, elles seront décrites
Suivant les lieux, leur goût et leurs propres mérites.
Célèbres justement à l'égal de nos vins,
Elles font avec eux l'ornement des festins
Des Césars et des Grands, ces huîtres Bordelaises,
Qu'on trouve par milliers jusqu'aux pieds des falaises,
Dont les sables mouvants entourent de leurs plis
Des Médules voisins le fertile pays;
D'une chair blanche et tendre, à leur saveur marine
Bientôt on reconnaît quelle est leur origine.
Aussi, par les gourmets mises aux premiers rangs,
Toutes leur ont cédé le pas depuis longtemps.
Après, mais de fort loin, sans leur être pareille
Mais bonne cependant, vient l'huître de Marseille.
Puis en plein Hellespont, en face de Sestos,
Celles que l'on récolte au détroit d'Abydos.
Puis celles de Narbonne à Port-Vendre engraissées,
Et dans de larges parcs avec soin ramassées;
Pour les huîtres de choix les bords Armoricains
Rivalisent, dit-on, avec les Poitevins.
Aux digues de Baias les huîtres attachées;
Celles qui sont en paix sous les algues cachées,
Quand le fleuve d'Evreux[1] se jette dans la mer,
Et tiennent à l'abri leur succulente chair;
Puis celle que l'on prend dans la mer des Santones[2],
Celle qui fait aussi le régal des Génaunes[3];
Celle que dans ses fonds la mer de Marmara,
Pour nourrir les mortels, de tout temps engendra,

1. D'après Scaliger, *Amnis Eborum* ne serait autre que la Seine, qui traverse le pays d'Evreux.
2. La Saintonge.
3. Peuplade de la Vindelicie.

Et qui fut récemment au pinacle portée
Par le grand Promothus[1], le vainqueur d'Odothée.
Telles sont, cher Paulus, les huîtres à citer
Et qu'on peut à coup sûr pour les festins vanter.
Je ne t'en parle pas en coureur, en poète,
Mais en historien, qui simplement répète
Ce que d'autres ailleurs m'ont simplement appris,
Quand autour d'une table, en de joyeux devis,
On fêtait de Lyœus les aimables visites.
Ces notes ce n'est pas à de vils parasites,
A d'obscurs ardélions, Paulus, que je les dois :
C'est dans l'intimité que j'en ai fait le choix,
Dans ces repas d'amis, ces fêtes légendaires,
Ces agapes sans fin des saints anniversaires,
Où j'écoutais en paix des juges rigoureux,
Pour redire plus tard leurs éloges nombreux.

1. Général de l'empereur Théodose.

LETTRES

(EPISTOLÆ. — N° XXIII)

AUSONE A PAULIN [1]

C'en est donc fait, Paulin, nous avons secoué
Ce joug de l'amitié qui nous rendait facile
De nous prêter toujours un appui dévoué,
Si léger à porter, lorsque d'un pas docile
Sur le même chemin nous étions engagés;
Jamais un mot méchant, jamais la moindre plainte
N'avaient pu l'ébranler, ni les bruits mensongers,
Ni les vagues soupçons, dont la perfide atteinte
Peut faire tant souffrir, même un homme de bien,
En donnant à la fable un air de vraisemblance;
Ce joug paisible et doux, que ton père et le mien
Ont porté sans broncher dès leur plus tendre enfance;

1. A la suite de sa conversion au christianisme, Pontius Paulinus — plus tard saint Paulin (de Nole) — qui, pendant de longues années, avait été le disciple favori et l'ami le plus intime d'Ausone, s'étant décidé à se retirer en Espagne, son vieux maître, désolé de perdre le plus cher et le plus glorieux de ses élèves, lui écrivit, de 350 à 353, quatre lettres qui restèrent sans réponse. C'est la première de ces lettres dont nous donnons ici une traduction, aussi littérale que possible.

Et voulant qu'à leur mort, à nous, leurs héritiers,
Il fût transmis intact, sans crainte et sans envie,
Avec tous ses devoirs, avec ses droits entiers,
Jusqu'au jour éloigné de la fin de leur vie.
Il a duré, ce joug, tant que notre amitié
A duré dans nos cœurs et souri dans nos âmes,
Tant que nous avons mis chacun notre moitié
Dans le bonheur commun et que nous nous aimâmes;
Droits et devoirs sacrés, bien aisés à remplir!
Comme un joug si léger aurait donné de l'aide
Pour dompter, à coup sûr, et pour bien assouplir
Les coursiers du dieu Mars et ceux de Diomède,
Ceux enfin dont le guide, un instant fourvoyé,
Malgré tous ses efforts ne put s'en rendre maître
Et jeta dans les eaux Phaéton foudroyé!
Cependant, cher Paulin, ce n'est, ni saurait être
Notre faute à tous deux, mais ta faute à toi seul
De repousser ce joug que, dans notre jeunesse,
Nous promîmes jadis, chacun à notre aïeul,
De conserver jusqu'à notre ultime vieillesse,
Car ce sera pour moi toujours un vrai bonheur
D'y soumettre mon front; mais bien lourde est la peine
Quand, au lieu d'être deux, on en est seul l'auteur,
Qu'on n'a plus près de soi l'ami qui nous entraîne,
Qu'on subit le surcroît du faix qu'il eût porté.
Ainsi, quand dans le corps quelque point est malade,
L'ensemble s'en ressent dans son intégrité;
Cruel! tu priverais Oreste de Pylade!
Tu voudrais séparer Euryale et Nisus!
Sous le motif menteur d'un prétexte frivole,
Ravir Thésée aux bras de son Pirithoüs,
Persuader Damon de trahir sa parole!

Et cependant, Paulin, quel que soit le fardeau,
De ma vieille amitié je veux qu'il te souvienne,
Dans l'espoir qu'en songeant à ce passé si beau,
Celui qui m'a quitté quelque jour me revienne.
Quels exemples perdus pour nos concitoyens!
Pour ce bonheur si doux que de vœux inutiles!
A nous voir, on songeait à ces amis anciens
Dont les noms respectés restent indélébiles;
Chacun nous abordait par un flatteur prénom;
Pylade était vaincu; nous effacions la gloire
Du Phrygien Nisus; et, du noble Damon,
Fidèle à son serment, pâlissait la mémoire.
A Lélius le sage, à Scipion le grand
Chacun nous comparait; bien qu'inégaux par l'âge,
Nous restions égaux, toujours au même rang
Où nous plaçait de tous l'universel hommage.
Alexandre eût trouvé moins de difficultés
A défaire ce nœud formé d'une courroie
Dont les plis déguisaient les deux extrémités,
Si de nous séparer il s'était fait la joie.
Peut-être avons-nous dit quelques mots imprudents
De nature à porter la sombre Rhamnusienne [1]
A chasser de nos cœurs des vœux outrecuidants.
  C'est ainsi que jadis, pour témoigner sa haine,
Némésis, se dressant en grecque déité,
Déjoua les projets du roi des Arsacides [2],
De ce roi qui voulait, ivre de vanité,
Souiller d'un monument le sol des Cécropides;
Le Mède fut vaincu; mais, fais que les Romains,

1. Némésis, la déesse de la vengeance, était l'objet d'un culte particulier à Rhamnus, en Attique.

2. Darius.

O Némésis cruelle, ignorent les atteintes
De ces traits venimeux qui des pâles humains
Augmentent à la fois les douleurs et les craintes.
Porte ailleurs ton courroux, et toujours souviens-toi
Qu'Ausone et que Paulin, ô déesse étrangère,
Sont par leurs dignités au-dessus de la loi
Que pourrait t'inspirer une injuste colère.
  Pourquoi me plaindre ainsi? Pourquoi de mon malheur
Accuser l'Orient? C'est la rive du Tage,
C'est Barcelone enfin qui causent ma douleur;
C'est ce lointain pays qui là-bas nous partage
Sous un autre soleil, et, par delà les monts,
De Mérida s'étend aux bords de la Garonne;
S'il suffisait du moins de faire quelques bonds
Pour aller de Bordeaux aux murs de Barcelone,
Si l'un de l'autre était beaucoup moins éloigné
(Bien que tout soit très loin quand ensemble on veut être),
Chacun de son côté serait plus résigné,
Et de ses noirs ennuis ne ferait rien paraître;
L'amitié servirait à rapprocher les cœurs
En rapprochant les lieux. Ainsi, dans la pratique,
Des grands éloignements ignorant les rigueurs,
Saintes [1] avec Bordeaux aisément communique,
Bordeaux avec Agen et les peuples nombreux
Qui de leurs bras vaillants cultivent l'Aquitaine;
C'est ainsi qu'Arélas [1], au double nom fameux,
Est proche également de Narbonne et de Vienne,
Et que Narbonne atteint Toulouse aux cinq cités.
Si nos villes, Paulin, étaient aussi voisines,
Je croirais échanger, debout à tes côtés,

1. *Santonus*, Saintes; *Aginnum*, Agen; *Arelas*, Arles; *Viennæ*, Vienne; *Martie Narbo*, Narbonne; *Tolosam*, Toulouse.

Les baisers fraternels jaillis de nos poitrines
Et te charmer encor du souffle de ma voix;
Mais, hélas! c'est trop loin, après les Pyrénées,
A Saragosse, hélas! que s'est fixé ton choix
Pour passer, isolé, tes dernières années,
Non loin de Tarragone, aux murs cyclopéens,
Et près de Barcelone en huîtres si fertile.
Pour moi, loin de Bordeaux et de ses citoyens,
Par trois fleuves je suis séparé de la ville;
Aux travaux de mes champs j'occupe mes loisirs,
Je prépare ma vigne aux vendanges prochaines,
A mes prés, à mes bois, bornant tous mes plaisirs,
Je passe tout mon temps au sein de mes domaines
Du bourg de Noverus [1]; l'un de l'autre voisins,
J'y trouve autour de moi nombreuse compagnie,
Un ciel clément et pur, un climat des plus sains,
Où, grâces au pouvoir de quelque bon génie,
Il fait tiède l'hiver et frais pendant l'été,
Mais sans toi, tout, hélas! me paraît monotone :
Des saisons et du temps je suis désenchanté,
Pas de fleurs au printemps, pas de fruits à l'automne,
La canicule, en août, brûle tout de ses feux,
Et l'humide Verseau, de ses torrents de pluie,
Attriste de l'hiver les jours courts et brumeux.
O Paulin bien-aimé, dis-moi, je t'en supplie,
Dis-moi, reconnais-tu la faute de ton cœur?
Pour moi, j'ai dans ce cœur la foi la plus entière,
Et dans le souvenir de ces jours de bonheur
Où suivant, pas à pas, les traces de ton père

1. D'après Vinet, ce bourg est le village appelé *les Nouilliers*, canton de Saint-Jean-d'Angély (Charente-Inférieure).

Et du mien, nous étions tous les deux animés
Du même sentiment d'immuable concorde
Et du même bonheur de nous sentir aimés.
Un autre, après Ulysse, aura tendu la corde
De cet arc que lui seul savait si bien tenir;
Un autre, après Achille, aurait brandi sa lance,
Avant que Némésis ait pu nous désunir.
Mais pourquoi donc faut-il que dans mes vers je lance
Une aussi triste plainte, et que mon pauvre cœur
Hésite à mettre en toi toute son espérance
Et semble redouter quelque nouveau malheur?
Loin de moi cette crainte; en Dieu j'ai confiance.
Que le Père et le Fils daignent, dans leur bonté,
Exaucer les souhaits de mon humble prière,
Paulin sera plus fort que son adversité;
Nous n'aurons plus alors à pleurer sa misère,
Sa maison mise à sac, ses biens à la merci
De cent maîtres nouveaux, âpres à la curée!
Accours, ô notre gloire, ô mon plus cher souci,
Ta présence jamais ne fut plus désirée!
Hâte-toi, hâte-toi, quand il me reste encor
Assez de temps, ami, pour fêter ta jeunesse,
Avant que je n'arrive auprès du sombre bord.
De vivre à l'étranger renonce à la faiblesse,
Tu ne peux y trouver des amis comme nous.
Quand donc retentiront ces heureuses nouvelles :
« Voici Paulin. Il vient à votre rendez-vous,
» Il a déjà franchi le pays des Tarbelles,
» Il passe Hebromagus [1], les domaines voisins

1. La situation et le nom actuel de Hebromagus ont été l'objet de nombreuses controverses. Il paraît toutefois que la solution la plus vraisemblable est que Hebromagus était situé entre le Tarn et la Garonne.

» De ceux, plus étendus, où réside son frère;
» Sur le fleuve il s'embarque, aux chants des riverains
» Il entre dans son port, où la foule l'espère;
» Il devance le peuple, à sa vue accouru,
» Il s'arrête à ta porte, il la pousse et l'enlève :
» C'est bien lui! c'est Paulin! » ... A bon droit l'ai-je cru,
Ou bien de mes désirs me suis-je fait un rêve?

L'ÉPHÉMÉRIDE

AVANT-PROPOS — LA PRIÈRE — LA SORTIE

L'ÉPHÉMÉRIDE

(EPHEMERIS. — ITEM PARECBASIS)

AVANT-PROPOS

Allons, enfant, debout! Donne-moi ma chaussure,
Ma tunique de lin et tous mes vêtements,
De l'eau de la fontaine apporte une mesure
Pour me laver les yeux, et les mains et les dents.
Je désire sortir, ouvre-moi la chapelle :
Point d'apprêts éclatants! D'humbles et chastes vœux
Suffisent au Seigneur dans sa gloire éternelle :
L'autel sur le gazon, je le laisse aux faux dieux;
L'encens et les gâteaux de miel et de farine,
Je n'en ai nul besoin; devant le Saint-Esprit,
Devant le fils de Dieu, devant Dieu je m'incline,
Et ma voix, en tremblant, le prie et le bénit.

LA PRIÈRE

(ORATIO)

O Seigneur, ô mon Dieu, que j'adore en esprit,
Qu'ignore le méchant, mais que mon cœur bénit,
Maître de l'Univers, dont la toute-puissance
N'a ni commencement ni fin dans son essence,
Plus ancien que le temps, qui fut et qui sera,
Toi, dont aucun mortel jamais ne comprendra
La forme et la grandeur, c'est en toi que j'espère.
Celui-là seul, assis à droite de son Père,
Peut contempler en toi l'éternel créateur,
De la terre et des cieux l'inaccessible auteur,
Engendré dans le temps qui n'était pas encore,
Conçu dans l'Infini, bien avant que l'aurore
Illuminât les cieux, toi le Verbe de Dieu,
Dieu toi-même, antérieur à l'informe milieu,
Où bientôt tu feras que le monde subsiste,
Sans qui nul ne serait et par qui tout existe,
Dont le trône est là-haut, au-dessus de la mer,
Du chaos de la nuit, du gouffre de l'enfer,
Toi qui veilles toujours et jamais ne reposes,
Toi qui verses d'un mot la vie à toutes choses,
Animes la matière et remplis l'univers
Du spectacle imposant de mille êtres divers;
Toi, maître tout-puissant, que mon âme révère;
Toi, le fils de Celui qui n'eut jamais de père,
De celui qui punit les criminels ébats
D'Israël en livrant aux Gentils ses États,
Pour qu'il en vînt bientôt une branche adoptive

Au culte de ta Loi désormais attentive[1];
Qui fis à nos aïeux voir ta Divinité[2]
Et celle de ton Père, en leur identité;
Enfin, toi qui, bravant et la mort et l'outrage,
Nous appris qu'au moment du suprême voyage,
Lorsque le dernier jour du monde surviendra,
Le corps avec son âme ensemble partira,
Ne laissant après lui des choses de la terre
Que le vain souvenir d'une vie éphémère.
  Fils du Père éternel, du monde le salut,
De mon pieux hommage accueille le tribut;
Toi, le copartageant des vertus paternelles,
Couvre de ton pardon mes faiblesses mortelles,
De moi parle à ton père et porte à ses genoux
Le repentir qui peut désarmer son courroux;
Rends mon âme insensible, ô mon Seigneur et Père,
Aux atteintes du vice, au dard de la vipère;
Qu'il suffise au serpent d'avoir trompé jadis
Nos innocents aïeux; mais à nous, nous leurs fils,
Leurs tardifs rejetons, nous la race prédite,
Par la voix du prophète aux saints Livres inscrite,
Donne-nous le pouvoir d'éviter, en ton nom,
Les pièges dangereux dressés par le démon;
Ouvre-moi, quand viendra mon heure inéluctable,
La route où, détaché de ce corps misérable,
Et des soucis du monde à jamais écarté,
Je pourrai de plus près invoquer ta bonté,
Et marcher vers les cieux, en suivant cette voie,
Dont le parcours lacté dans les airs se déploie
Au delà de nos yeux et des mondes errants,

1. *Épître de saint Paul aux Romains*, chap. II.
2. *Évangile selon saint Jean*, chap. XIV.

Au-dessus de la lune et du séjour des vents,
Chemin où le Seigneur, par un double prodige,
Fit s'envoler Enoch[1], Elie[2] et son quadrige.
O Père, entretiens-moi du radieux espoir
D'une vie éternelle, en faisant mon devoir,
En ne jurant jamais par de vaines idoles,
En m'abstenant toujours de méchantes paroles,
En t'offrant un cœur pur affranchi de l'erreur,
En te reconnaissant le Père du Sauveur,
En demandant pour moi que sa grâce intercède,
En confessant Celui qui de tous deux procède,
L'Esprit-Saint qui volait sur les eaux de la mer[3].
O mon Père, à mon cœur torturé par l'enfer
Accorde ton pardon; dans le sang des victimes
Si je ne cherche pas une excuse à mes crimes;
Si je n'augure point du prochain avenir;
Si de ta volonté je ne veux définir
Le sens mystérieux, en fouillant leurs entrailles;
Si je suis l'ennemi des lâches représailles;
Si, facile à l'erreur, je m'abstiens du péché;
Si toujours à l'honneur je me tiens attaché;
Prends en pitié, Seigneur, mon âme misérable,
Si je hais, sans retour, cette chair périssable,
Si j'éprouve, en mon cœur, un profond repentir,
Si mes sens angoissés sont prêts à ressentir
Ces supplices tardifs, qui du mal nous punissent,
O Père, accorde-moi que mes vœux s'accomplissent!
Oh! goûter le repos, vivre en sécurité;
Incapable du mal, en toute liberté

1. *Genèse*, chap. V.
2. *Rois*, liv. IV, chap. II.
3. *Genèse*, chap. I.

Pouvoir faire le bien, sans que l'on me l'ordonne;
Éviter les excès; ne rien faire à personne
De ce qu'à moi, jamais, je ne voudrais qu'on fît;
Savoir me contenter de ce qui me suffit;
N'avoir, dans aucun cas, à rougir de moi-même;
Ne jamais prononcer d'injure ou de blasphème;
Ne vouloir, en secret, rien faire de honteux;
Éviter avec soin tout propos vaniteux;
Ne subir ni l'affront d'une faute avérée,
Quand même elle serait pleinement réparée,
Ni l'ennui d'un soupçon (car, entre l'accusé
Et le réel coupable, il n'est pas bien aisé
D'établir, à coup sûr, parfois la différence);
Aimé de mes amis, maintenir la puissance
De mon titre de père auprès de mes enfants;
Ne pâtir ni du cœur, ni des temps inconstants;
Sobre dans mes repas et simple dans ma mise,
Aux propos des méchants ne jamais donner prise;
N'attacher aucun prix aux humaines spendeurs;
Avoir toujours le corps à l'abri des douleurs;
Enfin, lorsque viendra pour moi la dernière heure
Et qu'il faudra quitter ma mortelle demeure,
De mon humble vertu me sentir assez fort
Pour ne pas redouter ni désirer la mort [1] ;

1. Il y a là, de la part d'Ausone, un souvenir de ce vers de Martial (Liv. X, Épig. XLVII) :

Summum nec metuas diem nec optes,

qui, depuis lors, a, du reste, inspiré à notre vieux poète Maynard, le célèbre quatrain qu'il avait fait graver sur la porte de son cabinet :

Las d'espérer et de me plaindre
Des Muses, des grands et du sort,
C'est ici que j'attends la mort,
Sans la désirer, ni la craindre.

Et, quand j'aurai reçu le bienfait de ta grâce,
Trouver que tout n'est rien, et que rien ne surpasse
Le bonheur que je mets en ton saint jugement!...
Tant que ta volonté diffère son moment,
Garde-moi du serpent, qui sur mon âme heureuse
Voudrait tenter encor sa caresse trompeuse!
Tels sont mes humbles vœux, ô Christ, ô mon Seigneur.
Toi, vrai Fils du vrai Dieu, Gloire, Esprit et Sauveur,
Intercède pour moi, Lumière de Lumière,
Auprès du Créateur, au cœur de Dieu ton Père,
Toi loué par David et les voix de tous lieux
Qui répondent *Amen* et montent vers les cieux!

LA SORTIE

(EGRESSIO)

Esclave, assez prié, bien qu'un pécheur ne puisse
Trop prier le Seigneur. Donne-moi maintenant,
Pour m'en aller en ville, un plus beau vêtement :
A l'un de mes amis je dois rendre un service,
Dire à d'autres bonjour, faire à tous mes adieux;
Vers midi je serai de retour en ces lieux,
Préviens Sosie, il tient à ce qu'on l'avertisse.

ÉPIGRAMMES ET ÉPITAPHE

ÉPIGRAMMES[1]

(EPIGRAMMATA)

CONTRE UN CERTAIN RICHE

(N° XXVI)

Fier de tous ses trésors, bouffi d'outrecuidance,
Un homme, méprisant les noms contemporains,
Pour se faire valoir pousse son ascendance
Du dieu Mars, s'il le faut, jusqu'aux premiers Romains;
Rémus et Romulus sont pour lui des ancêtres
Qu'il se plaît à vêtir d'éclatants oripeaux :
Il les place partout, aux portes, aux fenêtres,
Plus il les couvre d'or, plus ils lui semblent beaux.
Si ce point est douteux, la chronique nous prouve
Que sa mère du moins était bien une louve.

1. Parmi les 146 Épigrammes d'Ausone, la plupart sont tellement insignifiantes, ou bien tellement obscènes, que nous avons dû les laisser de côté, et nous contenter d'en imiter trois seulement sur celles qui valaient la peine d'être transcrites en français.

Malheureusement pour nous, toutes ces dernières, — en très petit nombre du reste, — ont été mises en vers d'une si agréable façon par Clément Marot, Ronsard, Voltaire, P. Corneille, J.-B. Rousseau, le P. Bouhours, etc., qu'il nous a paru inutile et quelque peu prétentieux dès lors de les reprendre en sous-œuvre.
H. DE T.

SUR LA VÉNUS ANADYOMÈNE

(Nº CVI)

C'est Vénus que tu vois, le chef-d'œuvre d'Apelle,
Qui s'élève du sein de la mer maternelle.
Comme de ses deux mains elle étreint ses cheveux
Ruisselants d'eau salée et de flots écumeux!
A son aspect, Pallas, et Junon la sévère,
De s'écrier en chœur : « Fille de l'onde amère,
» Nous te cédons la palme, ô jeune déité,
» A toi, Cypris, à toi le prix de la beauté! »

A PROPOS DE RUFUS

(Nº L)

Un jour Rufus, le célèbre rhéteur,
Voulant prouver qu'il savait la grammaire
Et, qu'au besoin, il en serait l'auteur,
Portait un toast au gendre de son père :
« Fais des enfants du genre masculin,
» Et, pour surcroît, si tu n'es pas un pleutre,
» Fais-en aussi du genre féminin,
» Et, s'il le faut, va jusqu'au genre neutre! »

ÉPITAPHE

(EPITAPHIA. — N° XXX)

DIDON

Quel malheur en maris, pauvre Didon, te suit!
Tu t'enfuis quand l'un meurt, tu meurs quand l'autre fuit.

(P. CORNEILLE.)

MÊME SUJET

Pauvre Didon, où t'a réduite
De tes maris le triste sort!
L'un en mourant causa ta fuite,
L'autre en fuyant causa ta mort.

(Citée par le P. BOUHOURS, sans nom d'auteur.)

Achevé d'imprimer
Par G. GOUNOUILHOU, à Bordeaux,
le 9 décembre 1897.

www.ingramcontent.com/pod-product-compliance
Ingram Content Group UK Ltd.
Pitfield, Milton Keynes, MK11 3LW, UK
UKHW021824190726
13853UKWH00003B/1164

9 782329 602073